当代世界华文作家小说库
DANGDAISHIJIE HUAWENZUOJIAXIAOSHUOKU

纽约有个田翠莲

——陈九中短篇小说选

陈九◎著

中国華僑出版社

图书在版编目(CIP)数据

纽约有个田翠莲:陈九中短篇小说选/陈九著. —北京:
中国华侨出版社,2010.12

ISBN 978-7-5113-0950-1

Ⅰ.①纽… Ⅱ.①陈… Ⅲ.①短篇小说—作品集—中国—当代
Ⅳ.①I247.7

中国版本图书馆 CIP 数据核字(2010)第 239804 号

●纽约有个田翠莲:陈九中短篇小说选

著　　者/陈　九
责任编辑/梁　谋
版式设计/尹　帅
责任校对/吕　宏
经　　销/新华书店
开　　本/710×1000 毫米　1/16 开　印张/15.5　字数/152 千字
印　　刷/北京溢漾印刷有限公司
版　　次/2011 年 4 月第 1 版　2011 年 4 月第 1 次印刷
书　　号/ISBN 978-7-5113-0950-1
定　　价/28.00 元

中国华侨出版社　北京市朝阳区静安里 26 号通成达大厦 3 层　邮编 100028
法律顾问:陈鹰律师事务所
编辑部:(010)64443056　64443979
发行部:(010)64443051　传真:(010)64439708
网　址:www.oveaschin.com
E-mail:oveaschin@sina.com

纽约的陈九

（代序）

赵 玫

陈九。北京人。现居纽约长岛。过着他美国公职人员和华文作家的生活。

先认识陈九的人。那年夏天。他携全家飞越大洋回国省亲，从而得以相识。他与相濡以沫的妻子一道，在美国求学且为着生机奔波劳顿。他们曾经居于逼仄的陋室。却快乐着，直到住进优雅的社区。后来又在美国几度相聚。被陈九陪着看长岛最美的景观。早春的凛冽。却透彻着那海天一色的美利坚阳光。还去了陈九的大学。他兴致盎然地指点着，那曾经几度风雨的宿舍的窗。

这样，先认识了陈九的人，后读陈九的文。于是很多的感慨。一个从寒窗苦读到供职美国的艰辛过程，一个赤手空拳从无到有又要养家糊口的人，他怎么能始终不肯放弃他内心所夹带的那文学的梦？他既要和妻子联手相互鼓舞着挣出纽约长岛的大房子，还要让那一对天真聪慧的小儿女接受美国最顶级的教育，他怎么能，始终不渝地、哪怕见缝插针地，也要将他胸中块垒连带生命中的感悟转化成各式各样的文字呢？

于是，在美国索要他的同时，文学也在索要他。以他的作品的质量和数量，我们甚至可以断定，文学所耗去的他的生命的能量甚至超越了所有的其他，甚至他的职业。而文学，又恰恰是完全不足以维持生计的，尤其一个家庭。所以文学之于陈九，只是精神的发抒，抑或梦想的支撑。和他的物质的生活毫不相干，那只是，陈九他对于自己的一个交待，亦可以说，他对他自己人生的一种需求。

于是陈九，在毫无功利之心的状态下，文学起航。他什么也不为，只要能写作。想每日工作之余陈九坐在电脑前，用键盘和屏幕编织起他的故事，那一定是他一天中最惬意的时刻。

读陈九的文，尤其陈九的小说。不不，先撇开陈九的小说不说，陈九应该是文学中名副其实的多面手。他不仅小说，而且诗歌，不仅诗歌，又散文、评论。对陈九来说或者唯有这样的海陆空、全天候，才足以拳打脚踢地铸就他文学的天地。

陈九的小说，可谓五花八门。每一部都别开生面，几乎一篇一道风景，一篇一样风格，一篇一种基调，一篇一脉内心的力量。于是陈九的小说不会成为过眼云烟，因为每一部作品都别出心裁，翻出令人不可思议的新意。于是每每读过，过目不忘。即或时过境迁，一时不能将故事拼接起来，但小说中那种灰暗、伤感、明丽、幽默的调子和

氛围，也会立刻环绕在你的思绪中。

陈九的小说，即为陈九所经历的美利坚。总之异域的纠纠葛葛，于是有点像翻译小说，被陈九本人翻译的，那些既个性张扬又满含温情甚至某种辛酸的描述，仿佛离我们的生活很远。而陈九的叙述风格，大都很刚健，让人想起海明威，那种硬撑着的硬汉风范。陈九不那么在意叙述的策略，很平实地沿着写实主义的路线。却把这条路打造得既结结实实，又花团锦簇，几近于炉火纯青。

《纽约春迟》却完全不同。一个感人的思乡的故事。让我们看到了生活在美国底层那些华人的艰辛与不幸。他们生活在美国却又不被美国所见容，于是“梦里不知身是客”的凄惶。做水暖工的老鲍几乎是唐人街华人的缩影。在这个几乎不会讲外语的北京人身上，既体现出了生存之不易，又饱含了那浓浓的思乡深情。而这种感情几乎不分高低贵贱地弥漫于每个华人的心中，那深深地又难以捱过的思乡的苦。于是他们千方百计地让生活充满故乡的情调，包括在一起喝酒饮茶，道短说长，包括从遥远祖国带来那棵北京的香椿树苗。小说还表现了华人间的惺惺相惜，尤其遇到危难时的相互帮衬。老鲍最终和他喜欢的妓女一道死于自杀。他们都不愿再维持这种没有尊严可言的生存。于是老鲍永远留在了读者心中。辛酸的小说中包含了诸多艰辛、痛苦、无奈、伤痛、屈辱以及无望却又温馨的元素。

《同居时代》。完全美国的爱情世界。那男男女女，灯红酒绿，酒吧咖啡馆和泛滥的性，以及对责任的恐慌和惧怕。一个中国男人，骑墙于两个年轻的金发碧眼的美国女性之间。看似男人凌驾于女人之上，事实上却是这两个爱他的女人在左右他。他对她们既拳拳深情，又心怀愧疚。因为他更不愿意失去的，是他自由自在的生活。直至得知其中一位生下了他的孩子。于是惧怕，乃至逃跑。最后的结尾却是完全好莱坞式的。孩子和孩子的妈妈最终回到男人身边，而另外的同居女友则崇高地退出了情爱的角逐。于是故事回到了美国人所期望的道德层面上，而牺牲了自己的女人也得到了自我的升华。这或者也是陈九自身的价值观吧。

而《挫指柔》则是一篇几乎另类的小说了。不知道这位做纽约市政府公务员的陈九经过怎样的历练，竟然将美国法律运作的一招一式那么烂熟于心。主人公王彼得（陈九小说中的叙述者大多叫王彼得，同时也是各种故事中的主人公，偶尔会被叫做陈先生，总之无论王彼得还是陈先生都是那个人，那个始终跻身于故事中的典型人物）作为华人律师，和一位有背景的年轻的美国律师在纽约开办了律师事务所。所接案件和一个华裔男孩在中学受辱相关。

无疑《挫指柔》展示了作者另外一面的才华。在一部类乎探案的小说中施展他傲人的智慧。整个故事跌宕起伏，环环相扣。一波未平，一波又起，可谓扣人心弦，惊心动魄。其中所谓的“挫指柔”成为了案件乃至于小说的中心，而其实不过是一种让美国人闻所未闻的中国功夫而已。只是轻轻握过对方的手，便叫那手即刻五指断裂，粉碎性骨折。后来知道，那是一次雪耻，一次不露痕迹的报复。却是很深的功，深到看不到也摸不着，杀人而不见血的，抑

或兵不血刃的，恍若空气中飘散的尘埃。

围绕着中国功夫以及外裔学生的被歧视，以及案件的起承转合，就完成了这个既神秘诡谲又扬眉吐气的故事。这让我想起了那位号称美国侦探小说之父的雷蒙德·钱德勒。于是我在此向有此雅好的电影导演推荐陈九的这篇《挫指柔》。很好的题材。很好的背景。发生在纽约。律师事务所。通常与犯罪相关。再加上中国功夫。不是一般的功夫，而是若无其事的却极具杀伤力的挫指柔。于是歧视与报复。正义与邪恶。影片虽属犯罪、悬疑类型，却依旧是剧情的。很柔很文很雅的一种打斗，让意念式的功夫的精髓笼罩或环绕其中……

《挫指柔》的电影电视版权，都是值得一买的。

我最喜欢也是最后读的小说是《老史与海》。整个地立刻就想到了《老人与海》，觉得像极了海明威那个和大海搏斗的故事。但又完全不同，老史（老史叫史蒂文）的故事，哪怕也是和大海相关的。陈九写海可谓手到擒来。毕竟长岛环海，无论在哪儿，总是走不到多久，就一定能看到湛蓝无比的大西洋。而这里的海面大多悠远而苍凉，一派清澈的庄严，就像老史的生命。留学生王彼得为谋生计，开始了和老史一道凌晨进海捕捉龙虾的故事。但通篇其实并没有什么故事，不过是曾参加过朝美战争的老兵和中国留学生之间的别别扭扭又相互依靠。相互间的爱与欣赏是看不出的，就像狂野的海浪。加进去雪莱的诗，像某种精神，弥漫在阳刚男人柔软的内心隐处。没有什么故事却依旧地吸引人并深深感染人。尤其最后老史纵身一跃，永远消失在大海中。而他留下的最后的话是，彼得，不要找我……

陈九在这篇小说中写尽了海。无论大海怎样的千姿百态。读陈九的海就等于是在读陈九的想象力和感悟力，读他驾驭语言的能力，以及，那如海浪一般涌来的叙述力……

当读到陈九的文，再去想陈九，便觉得，他，已经不再单单是那个洒脱的、仗义的、慷慨的，又总是踌躇满志的纽约客了。

目　录

丢　妻 / 1

偷女戴安娜 / 10

老头儿乔伊 / 18

老　高 / 34

奈何桥 / 42

那时青春太匆匆 / 50

布雷恩事件 / 60

美丽的霍金河 / 68

荣秀开苞 / 78

纽约有个田翠莲 / 86

纽约春迟 / 97

同居时代 / 116

挫指柔 / 152

老史与海 / 195

丢 妻

张三丰一转身，没看到本应跟在后面的老婆，他没在意，又往前挪了几步，直到靠近收银的柜台才回头。怎么，还是没有！他暗自骂了句三字经，只好停下来等。

周六总是最忙。上午先送女儿游泳。这丫头十二岁，最爱游泳。下了泳池吱溜一下就没影儿了，像个水耗子。你正四处找她，人呢？她突然从另一头哈哈大笑地喊你，边喊还边气你，拉拉拉拉拉。午饭后再送她上中文学校。中国人嘛，虽说住在纽约，那不也是美籍华人。华人跟别人不同就在这儿，别人到哪儿可以完全算哪儿的人，俄罗斯人到美国是美国人，土耳其人到美国也是美国人。中国人不同，叫美籍华人。美籍是定语，华人是主语。张三丰曾为这事烦恼过，咱也纳税，比俄罗斯、土耳其人还多，怎么就找不着人家那种如鱼得水的感觉？你就是硬撑着要跟别人一样也白费，遇到事情还是不一样。这可是经历撞出来的，生活本身比《天龙八部》的武侠强悍多了，不怕你不服。既然美籍但华人，还是让孩子学点儿中文吧，要不多冤啊。得，等把女儿送进中文学校，剩下几小时是“烧饼”时间。“烧饼”是英文发音，就是购物买东西的意思。

张三丰转身没看到老婆就是在“烧饼”的时候。他和老婆送完孩子上中文学校，接着就去考斯可购物。考斯可是会员制连锁店，价格相对便宜。他们每周六来此购物，一般同出同进，一块儿停车，一块儿商量要买的东西往里走。可今天没有，今天是一前一后隔得挺远，张三丰在前，老婆在后。为啥？甭问，吵架了，昨晚溜溜吵了一夜。张三丰越想越气，什么，才十二岁的女孩儿，居然给她买吊带儿衫！你也真想得出。“是她自己要买的。”老婆争辩着，听上去底气不是很足。“她要买就买，你是干什么吃的！她要月亮你也给她买？这不是把孩子往邪路上领吗？”说着张三丰冲进女儿卧房，把新买的吊带儿衫一件件都收起来。当收到最后一件，突然发现衣服下面藏着一本叫《走》的时尚杂志，上面有个扭捏作态的半裸女郎。这种杂志一般是给二十来岁女性看的。张三丰的脑子一下炸了，他怒吼着问女儿，“谁买的？”“妈咪买的。”女儿战战兢兢地回答。好，好，你个王八蛋，你是活腻了，我看你是活腻了。把自己打扮得俗了吧唧也就算了，还想腐化我女儿，老子跟你拼了。

考斯可门前人群熙攘，张三丰愣在那里发呆，显得有些怪。他宁可站在那儿也不回去找他老婆。爱上哪儿上哪儿，我走得并不快，装什么孙子啊，老子就不找你。平时

让着你也就罢了，你偷偷给你弟寄一万美金装修房子，以为我不知道？实打实一万美金没了我能不知道？每次买了衣服、化妆品都先藏在楼下，过些日子再一点点往外拿，好像从没买过似的，一肚子小聪明，骗谁啊？买就买了，关键是瞅瞅你买的这些衣服，穿上跟中年少女一样。都他妈快老更了，非朝二十岁打扮，你不嫌寒碜我还嫌寒碜啊。对对，刷牙永远不把牙膏盖儿盖上，拿起电话就没完没了。好好，这些我都不计较，可孩子教育怎能再任你胡来！咱华人来美国图什么，追求民主？啊呸，我啐你一脸。不就图个子女受教育嘛。可到这儿才知道，想受好教育是那么现成的？你看看马路上的年轻人，几个有人样的，头发染得像小鬼儿；你问问他们，知道地球是圆的是方的，知道美国在地球上还是月亮上吗？吸毒的，喝酒的，未成年怀孕的，要什么有什么。子女教育要是自己不下工夫，谁知道会长成什么样儿，特别是女孩儿。

一想到“女孩”儿这俩字张三丰就绷得紧紧的。他太爱这个宝贝丫头了，她活泼漂亮，就是个性太强，想起一出是一出。看着她从襁褓长成眼前这个十二岁的大丫头，张三丰不知是喜是忧。他甚至想过买把手枪搁家里，如果有人欺负我女儿我就拼了。可他老婆死活不干，“不怕你枪毙别人，就怕你把自己毙了。”好好，既然你明知女儿的事至关重要，怎么还惯她？她要指甲油，买。她要扎耳朵眼儿，扎。还要怎样？这下好了，连吊带儿衫、时尚杂志都出来了，我岂能容你！我早说了，女儿要有个三长两短这个家就毁了。不吓唬你，到时候可别怪我无情无义。你是母亲，女儿的事本该更敏感才对。我一个老爷们儿，有些话我说不方便。我们同事告诉我，吃木瓜对女孩儿的乳房发育好。人家是台山来的老移民，特懂这个。我就买来木瓜让女儿吃，她不吃，非说臭烘烘有股汽油味儿，还问我，“干嘛我得吃这个?”你说让我说什么，怎么说?这些事，你当娘的不管谁管!真是的，还怪我骂你，不休你就算便宜你。

考斯可看上去完全像大仓库，没窗，宽宽的出入口像一张巨大的嘴吞吐着人流。张三丰的老婆低头走进大门，一股脑儿朝洗手间走去。没错，她刚才是跟在张三丰屁股后头。走着走着只觉得下边一热，坏了，这两天正来例假，冲得天昏地暗，一层例假纸根本不够。她本想跟张三丰打个招呼，让他等等自己，因为车里有备用的，她取了好到洗手间换上。可一看前边儿张三丰苦大仇深的样子，算了，别烦他了，还是自己去吧，换好再去找他。等走出了洗手间，她没想到张三丰还会在大门口儿等她，以为他肯定一赌气早进去了，于是一溜小跑绕过收银台，看也不看竟直往大厅里走。

她先到蔬菜部，没有。又到糕点部，也没有。越找不着越急，越急也就越找不着。她真火大，都咬牙切齿了。好你个张三丰，有什么了不起呀!以后“烧饼”甭叫我。一个大男人，腻腻歪歪的，你自己不能来吗?我例假冲得这么厉害，还舍命陪君子跟你来。你倒好，居然扔下我不管了。不就给丫头买几件吊带儿衫吗?满大街女孩儿都穿这个，今年流行，有什么了不起呀，土老冒!愣说我把女

儿带坏了，你呢，还常春藤的博士，张口就王八蛋王八蛋的，连女儿都学会了。上次在外边吃饭，人家上菜慢了点儿，女儿突然冒出一句“王八蛋”，吓我一跳。亏得不是中餐馆，要不然非吵起来不可。嫌我俗气，好像你多高贵，就说你那个爱放屁的毛病简直就俗不可耐。放起屁来地动山摇，那天在后院，你一个屁吓得小松鼠到处乱蹿，以为地震呢，我嫌过你吗？都包涵着点儿吧，别心眼儿小得像针鼻儿似的。其实男人都比女人心眼儿小，长得越酷心眼儿就越小。我女儿长大了千万别走她妈妈的老路，找什么帅哥啊。

日头一动不动，空气凝滞得像块大水晶。张三丰还在靠近收银台的地方，望着考斯可门前几根高高的旗杆出神。有美国旗，纽约州旗，还有考斯可自己的。就属这面旗子难看，白不刺啦跟投降似的，干嘛不要红的？他发现美国到处是旗子，但很少红旗，这个国家对红色有一种天生的回避，宁要投降的也不要红的。这时一位大胖子女老美走过来问他，对不起，你这车还用吗？她大概看张三丰站在那儿不动，手中的购物车又是空的，过来碰碰运气。考斯可的生意好得邪性，来晚了连辆购物车都找不到。张三丰觉得这女人的嘴在对他动，才惊醒过来连忙抱歉地说，用，我等人呢，马上来。说话间他四处张望，可视线之内仍没有老婆的影子。

嘿，你说这种人类，上哪儿去了？吵架归吵架，东西还得买不是，要不一家子吃啥？再不露面我可自己去了。本来嘛，就这么几小时，偏这时候使性子。张三丰推着空车慢慢往里挪，走了几步又停下。他想起老婆前些天下班忙着接女儿，不小心把脚崴了，肿个大包。不是说用了我在中国城买的云南白药好了吗，这药别是假的吧？唉，你也四十多了，就没个稳当劲儿。身体是过日子的本钱，在美国生活说到底就是拼体力，谁经得起有个病有个灾儿的。再说这教育局也太不讲理，章程变得比股票还快，四年级以上的孩子今年愣不让坐校车了，说预算消减。你预算消减，怎么税收一个劲儿涨啊？钱呢？钱呢？我们付税是为孩子受教育的，不是让你们满世界打仗的。到现在连本·拉登都抓不到，我们孩子校车倒坐不成了。为了接女儿，我天天加班没办法，弄得老婆跟中了魔似的，每天下班分分秒秒算着往回赶，生怕女儿在学校门前没人管，出点事可不是闹着玩儿的。这个岁数的女孩儿，怎么小心都不过分。唉，要说老婆也不容易，看她被汗水贴在额角的头发，等我到家时还没散开呢。女人啊，出国前都是金枝玉叶，到美国全变铁树钢花了。风里来雨里去，哪个家庭主妇脸上没点儿风霜？纽约的华人主妇最要干的两件事，一个是进了地铁就打盹儿，另一个就是涂化妆品。这两件事分开看好像没什么，可并在一块儿你琢磨琢磨，让人心疼得慌。

张三丰想给老婆打手机，可发现自己手机忘在家里没带来。他决定回停车场看看，老婆肯定又回车里了。你啊你，脚痛干吗不说一声。就算不是脚痛是耍赖皮，你倒也弄出点儿动静来。不吭不哈就没影儿了，真把谁急死。再说这辆越野车才刚买没几天，弄不好你连空调都不知怎么开，大热的天儿，待在车里还不烤熟了。如今的车啊，越

造按钮越多，搞得跟开飞机似的，管个屁用。前些天有个朋友买辆日本车，带什么卫星导航，听上去好像装上炸药就能当巡航导弹，就这玩意差点儿要他小命。显示器上让他右转，他想也没想就转了。好，刚转上去，一辆大卡车扑天而来，喇叭叫得惊心动魄。后来才知道，这条路两天前刚改成单行线，不许右转，你说多悬。张三丰想着想着走到自己车前，空车，老婆不在车上。

考斯可里的人流显得杂乱无章，有朝外走的也有往里走的，当然更有既不朝外也不往里的。张三丰老婆从未如此深刻体会到什么叫一盘散沙或乌合之众。她甚至觉得这些人走走停停、停停走走完全是故意的，就是要把她老公藏起来不让她找到。你看，打他手机不接，该找的地方都找了，连张三丰平时很少光顾的服装部都去了，根本没他影子。张三丰老婆开始冒虚汗，心里突然觉得一下空空的没着落，人好像也软软地往下坠。女人不能没老公，她不知怎么冒出这么个奇怪想法。别看单身女人个个都那么亢奋，像上了弦儿似的，因为她们既当女的又得当男的，结果既不像女的也不像男的。结婚十多年，三丰还从没把我一人丢下过。美国虽说几亿人口，咱认识谁，谁又认识咱呀？只有自己的小家能让心喘口气。唉，今天这事怪我，我的确太腻爱这丫头。只要她张口，明知不对也不忍说个“不”字。可十二岁的女孩儿，乳房都起来了，再不管就管不了了。要说她爸这人，每天总是最晚到家，桌上剩菜剩饭胡噜两口，接着就和女儿弄功课。前天晚上弄着弄着在沙发上睡着了，一本书掉在地上。我打开一看，是《初等代数》。头发都花白了，倒学起初等代数，连女儿给他盖被子时都含着眼泪。我几次说咱俩轮流教吧，可她爸总是那句，我来，你去歇着。其实放屁怎么了，谁能不放屁！我倒觉得老公的屁特有阳刚气，特像条汉子，听不见他的屁我连睡觉都不踏实。不行，再找不着他我可喊了，有本事把我送神经病院去，老公是我的，我不找谁找。她想着嘟囔着，泪水竟淌了一脸。

从停车场回来张三丰真急了，他万万没想到吵架能把老婆吵丢了。平时为女儿的教育也常拌嘴，可前脚吵后脚就和了，从未闹到这种地步。他觉得对不住老婆，那些话说得太刻薄，太伤人自尊心。每次都这样，火气来了忍不住，什么都说，说完又后悔。老婆陪我来还不是怕我一个人寂寞。只有她知道我这点出息，有她陪着心就定，事情也办得利索。没她陪着心就不在焉，拿起芝麻丢了西瓜。女儿问她，妈，你干吗总陪着我爸，他又不是你儿子！老婆红着脸说，你怎么知道他不是我儿子？长大你就明白了。夫妻之间真的很微妙，本来是平辈，有时又像长辈。你当爹时她就是女儿，她当娘时你就是儿子。可现在娘跑了，给儿子气跑了。儿子没娘怎么成！

考斯可的广播喇叭正播寻人启事，谁谁谁，马上到七号收银台，七号收银台。张三丰当机立断，他要立刻播个寻人启事。对，让我自己来播，用中文。小时候家住四季青人民公社旁边，公社广播站天天播通知，西北风五到六级，今儿刮明儿刮后儿还刮。李翠花，李翠花，听到广播后马上到计划生育办公室。这些播音的水平不高但充满个

性，一听就明白。要让我播寻人启事，只要一张口，她妈，丫头她妈，我是她爸呀，老婆立刻就能听出来。接下来说什么，说什么？说我害怕再过孤魂野鬼的日子，每天除了方便面还是方便面，吃得脸都发绿。说我发火是不忍心看到你疲惫的面孔，恨不得把一切都自己撑起来。嗨，说什么也没用，赶紧把人找回来是真的。张三丰一把甩开购物车，发疯似的朝考斯可的办公室闯去。他刚想抄近路，穿过家电产品的货架，只听“咚”的一声，迎面和一个披头散发的女人撞个满怀。

“张三丰！你你，你个王……”下面的话还没出口，一双山样的手臂早把她紧紧搂在怀里。“……八蛋，那你也是王八蛋。”张三丰什么都没听见，他只顾狂吻着老婆的脸，热热咸咸的，有点儿像紫菜汤。

偷女戴安娜

米歇围着电话转来转去。都快四点了，按说她该来呀，老彼得怎么还不来电话呢？她要不来可坑人了，六点之前，最迟七点，兰斯公司还等我下订单呢！错过这个单子就要等下个船期。真是的，都怪这个老彼得，非要等这个中国娘们儿，难道她不来我就不做生意了！米歇烦躁地点上烟，又掐灭了。这个著名“安娜琼斯”服装连锁店的年轻老板，像只饥饿的狗，在办公室里不停地走动。突然，电话铃猛地响起，米歇砰地抓起电话，

彼得，怎么样？

她来了，刚进门。

好，所有系统都打开，一举一动都给我录下来。

放心吧，她绝对不会察觉出来。不过……

不过什么？快说！

她要上厕所咱录不录？

管他娘的，照录！

戴安娜优雅的倩影又出现在“安娜琼斯”宽敞的大厅里。其实称她“中国娘们儿”并不十分准确。没错，她父亲是个当年留美的中国人，可母亲的祖上来自意大利的米兰。戴安娜继承了母亲的身材，挺拔修长，上下起伏的旋律宛如莫扎特的回旋曲一样流畅动人。而她黑黑的眸子和黑缎子般倾泻的长发，却让人情不自禁想到扬州、苏州、杭州一串串迷人的字眼。

戴安娜是“安娜琼斯”的常客。她喜欢这家坐落在曼哈顿麦迪逊大道上的服装店，看看这陈设，像博物馆一样典雅，恰到好处。还有墙上的浮雕，甭管真的假的，是那个意思。当然，关键是东西的款式好，无论服装帽子还是提包或装饰物，都别具一格。《商业周刊》介绍过这家店的老板，叫米歇，像个法国名字，听说刚去世没几天，把家业留给了他儿子。这个老家伙，品味一流，就是心太黑。瞧瞧这价钱，什么就五百六百上千块，还有几千块的，也太贵了！每次看上点儿什么都被那个价格气昏过去，这不生拿美丽当人质嘛。要是前几年，哼，还真不在乎这点儿钱。戴安娜又想起当年的模特生涯，T形舞台，聚光灯下，照相机一闪一闪，快门的声音跟小孩儿咳嗽差不多。无论吃的还是用的，什么不是最好的，有些甚至是唯一的。就说服装吧，很多都是设计师专门为自己设计的，还不是穿几次就扔到一边去。唉，你啊，那时也太拿钱不当钱了。谁想到这个鬼行业，你觉得自己还年轻，可人家却认为你老了，一脚就把你踢出来。人生像做梦，弄得这付样子，上不去下不来，有的能凑合，有的真就凑合不了。比如穿衣服，让我怎么凑合？干脆杀了我算了。不想了，越想越烦。

在大厅里转了几圈儿。戴安娜暗自物色下两件物品，一个是一种欧洲风格的手提包，另一个是一副太阳眼镜。别看就这两样，加在一起就一千多块。她随手挑了件标价三十多元的高领衫，姗姗走向付款台。

能给我个大点儿的袋子吗？我好喜欢你们的设计。

没问题，很高兴为你效劳。老彼得殷勤地换上个大尺寸的包装袋。

你真和善，你太太好福气啊。戴安娜幽默地说。

看看，她可从不这么说，看来她占我便宜了。老彼得越发热情起来。

戴安娜提着东西，把收据在老彼得面前叠了几折，放进自己的上衣口袋。她故意没直接走向大门，而是仿佛被什么所吸引，又绕回大厅一侧。当她走过提包柜台时，随手将那个早已看好的提包迅速放进自己的购物袋中，又用同样的办法，拿到了那副太阳镜。不过这次她拿了两副，一副放进购物袋，另一副举在手里，边举边问远处的服务员，这副太阳镜多少钱？服务员转过头，上面没标签吗？噢，对不起，我没注意。哇，下次再说吧。说着，戴安娜缓缓走出店门。临出门时，老彼得在后面招呼道：“小姐，

我会告诉我太太你说的话。下次见。”

曼哈顿的黄昏充满激情和欲望，这座珠光宝气的城市仿佛在这个时刻才真正苏醒过来。路上行人的脸上丝毫没有倦意，他们夸张的肢体动作和饱含弹性的声调，把时光永远凝固在那里。米歇今天并未像往常一样迫不及待冲进夜晚的世界，他把老彼得送来的几个月来戴安娜偷东西的录像放了一遍又一遍。不知为何，他的目光无法从这个中国女人身上移开。他独自坐在宽敞的办公室里，远处哈迪逊河谷的落日正在温情歌唱。娘的，这个中国娘们儿，瞧瞧这对儿奶子，盈手可握，盈手可握呀。米歇有点儿口渴，他的雪茄烟灰落在领带上，一双眼睛熠熠生辉。

他父亲老米歇半年前在巴哈马群岛潜泳时因心脏病去世，米歇继承了父亲留给他的这份耀眼的产业，成为纽约著名“安娜琼斯”的新主人。半年多来，他不得不改变以往荒唐的生活，尽快适应管理这个时尚王国的角色。可心底下，他真抱怨老爸死得太早。这哪是人过的日子？连打嗝儿放屁的时间都没有，再这么下去非疯了不可！第一次听到别人说起这个叫戴安娜的女人，他劈头盖脸地把老彼得骂了一顿，为什么不叫警察？拿我的产业开福利院吗？可后来听老彼得一解释，才知道事情远非这么简单。据老彼得说，原来是想抓她。结果发现这个中国女人有一种非凡的审美直觉，简直是魔力！只要按她偷的东西增加订货一定热卖，屡试不爽。我们用这个秘密武器开风气之先，令竞争对手只能捡我们的残羹剩饭。戴安娜呀，万万抓不得！为什么不把她雇过来？米歇不服气地装出一付老练口吻。不行，绝对不能雇。审美讲究个轻松心境，没压力。你让她成了雇员她的眼光准变味儿，到时候你付的工资远比丢几件东西贵多了。老彼得眨着眼，表情看上去有点故弄玄虚。

米歇一边想着往事，一边在屏幕上欣赏着戴安娜的神姿仙韵。他越觉得她美丽，心里就越滋生出一种不可名状的兴奋感。当一个人认为他可以对什么人肆无忌惮，人性邪恶的一面就会伸出千百只手，将他融化。米歇此时就沉浸在这种陶醉之中。就凭这些录影带，还他妈怕你不服？你不想进监狱就乖乖做我的枕边之物。米歇把熄灭的雪茄烟重新点燃，对着窗外撩人的灯火情不自禁做了个下流动作。对，要尽快会会这个中国娘们儿。他翻着律师为他收集到的戴安娜的个人资料和通讯地址，一股强烈的优越感从脚尖一直漫到头顶。这年头，甭跟我谈什么隐私！哈哈，摩羯座，曼哈顿五十九街，好地方啊。米歇反复看着这些资料，手中的圆珠笔不安地转来转去，令人昏旋。

位于曼哈顿五十九街和九大道交口处的“密亭”酒吧，在暮色中显得温情脉脉。很多东西都是这样，白天不起眼，一旦掌灯之后，魅力马上像刚放出围栏的小羊一样尽情跳跃。戴安娜坐在一处靠窗户的小桌旁，一边品着红酒，一边翻阅一本时尚杂志。窗外柔和的光芒，好似昨夜的梦境尚未退去，虚无缥缈永远摸不到。这时，一个侍者向她走来，

小姐，米歇先生送给您这杯“旧金山彩虹”。

米歇？哪个米歇？人呢？

侍者指向位于角落的一张桌子。暧昧的灯光下，戴安娜看到一个潇洒的年轻人正向她缓缓走来。戴安娜微微举起酒杯以示谢意。嗨，又是这种老把戏，这些男人啊，别拿他们太当回事儿。戴安娜放下手中的酒杯。杯中透明的琼浆被灯光照出五颜六色的光彩，映在她脸上。米歇走上前弓下身，戴安娜几乎可以感到他的呼吸撞在自己头发上，热热的。米歇用一种老熟人似的语气调侃道，

他们说你叫戴安娜，可你比戴安娜王妃美多了。

你一定是米歇了？小伙子，听我说，别打坏主意，我忙着呢。

让我猜猜，你是个时装设计师，因为你全身带着时尚。

说的也是，也许哪天我真该开个设计室。

对对，一言为定，我来投资。肯定是最棒的。

戴安娜开始注意眼前这个叫米歇的年轻男人，他的着装还有头发的款式尽管品位独特，却裹不住蠢蠢欲动的公子哥儿风情。一看这种又细又长的手指就知道是个轻浮脆弱之辈。戴安娜低下头，一下想起多少往事，这辈子就是让这种男人纠缠得筋疲力尽。他们开始总是甜言蜜语给你很多希望。后来呢，先是话越来越少，然后要脾气，最后干脆一走了之。去去去，谁有工夫陪你玩儿这种游戏。戴安娜收拾一下眼前的东西，起身准备离开。米歇一把拽住

戴安娜的手，死也不放，他的手臂紧紧抵着戴安娜丰满的胸部。

别走，心肝儿，我送你回家。对对，要么陪你去逛“安娜琼斯”。

你怎么知道我喜欢“安娜琼斯”？戴安娜警觉地盯着米歇。

行了，小妞儿，你不是真的想知道，对吗？

哼，米歇，你以为你是米歇我就得跟你走？放手！

戴安娜挣开米歇的手，头也不回地冲出酒吧大门。“别后悔，你个中国娘们儿。”米歇气急败坏的诅咒像阴霾一样追上来。

最近一段时间，老彼得怎么也高兴不起来。其实自老米歇过世之后，他的心情一直紧张而忧郁。他在“安娜琼斯”做了大半辈子，本指望安安稳稳干到退休。可是，哎，这个小米歇啊。他看着小米歇长大，太了解他的为人。这买卖可别折腾来折腾去再折腾垮了。看看每天的报纸，安隆这么大的企业说破产就破产。居安思危，临渊履薄，他怎么不懂这个道理呢。这不，戴安娜已经很久没露面了，说不定就是这小子干了什么！老彼得犹豫着，还是拿起电话，接通了米歇的办公室。

米歇吗？是我啊，彼得。

怎么了，有事吗？

没什么大事，就是那个戴安娜很久不来了。

不来就不来吧，有什么了不起的。

不是，最近有人常在咱们的老对手“斯图加特”见到她。

什么？这个中国娘们儿，跟我玩儿这手，她死定了！

跟你，你是说她跟你？

好了好了，甭问我，我不知道！

昨夜的雨到凌晨就停了。早上，曼哈顿的中央公园一片青翠。五十九街紧挨着中央公园，从戴安娜的窗子望去，这块巨大的长方形绿地，好似一幅装饰完毕的印象派油画，妩媚动人。今天是个晴天，空气中散发着清早的芳香。戴安娜像往常一样穿着运动衣，准备到中央公园晨跑。她走过楼下大厅，向守门人打着招呼，可守门人并未像往常一样回答她的微笑，而是默默低下头。这时，两个身着风衣的男人从大厅两侧同时走向戴安娜：“对不起，你是戴安娜吗?”

戴安娜还是坚持走出了大厅。蓝天下，她脸上的泪水和微笑几乎同时绽放。

老头儿乔伊

一

老头儿乔伊个子不高，应该说比较矮，一米七不到，浑身疙瘩肉。他看上去六十来岁，上唇留一簇灰白胡子，一说话胡子就翘起来，像很激动的样子。乔伊的确爱激动，用中国话说属性情中人。邻居的孩子不好好上学，扎堆儿在马路上喝酒，一般人都躲着他们，可乔伊翘着胡子冲上去大喊：滚他妈一边去，放着学不好好上，你个小兔崽子，滚，滚远点儿！这帮半大小子也怪，要是别人这么骂，比如我，他们非用酒瓶把我瓢儿开了不可。可见了乔伊就跑，哆哆嗦嗦一溜烟儿没影了，留下几只喝完或没喝完的酒瓶在马路牙子上，像逃兵似的丢盔卸甲。据说乔伊有一绝，他能像蛇吐信似的一把掐住对方的蛋子儿，让你魂飞魄散。

我住的地方叫本森贺斯特，位于纽约布鲁克林南部的

水边儿上。乔伊的家在我隔壁，中间有一排冬青树隔墙，树不高剪得有棱有角。乔伊爱剪树，跟他爱理发一样。刚搬来那天，我从车上卸行李。穷学生，一辆车上装着全部家当。抬到一半正满头大汗，就听一串狗叫，汪汪，接着几句喊声向我掷来：嘿，你，说你呢。我抬头，见乔伊和一只白狗站在门口儿的台阶上，乔伊向我招手，狗在摇尾巴。虽然他个儿不高，但站在高台阶儿上仍显出伟岸状，一付居高临下的架势。我礼节性地对他们挥手说，嗨！美国人的“嗨”是你好的意思。

嗨，新来的，你叫什么？乔伊问。

我是陈九。你呢？

我叫乔伊，它叫咪咪。他指着那只白狗。

乔伊你好。嗨，咪咪。你们多关照啊。

没问题，你是个好人，一看就知道。

别管他这话当不当真，被人称赞总是惬意的。我讲给房东听，那个叫乔伊的老头儿跟我打招呼，说我是好人。房东是香港来的移民，在曼哈顿一家很有名的中餐馆做大厨。他调酒调得也一级棒，我刚来他就调了杯鸡尾酒给我喝，用茅台酒，橙汁儿，冰块儿，还有其他什么闹不清。喝第一口禁不住喝第二口，喝第二口就要喝第三口，三口两口喝完了，“还有吗？”我问。他吃惊地瞪大眼睛：“你你，不能这样喝的，里面都是烈酒啊。”他话音刚落，我突然觉得浑身发软，一屁股坐下去起不来。他把我扶进房。

“这一大杯酒快半斤了，你你你。”我耳边只有他的你你你像彩云一样缭绕，身体似在飞翔，躺在床上还在飞，床是我的阿拉伯魔毯。

听我说乔伊，房东的表情严肃起来，他左顾右盼用气声对我说：这个意大利老头儿你要当心，他家是黑手党。听说过纽约的黑手党大王高帝吗？乔伊的儿子就是高帝手下一员大将。他这么一说，我与其说吃惊不如说好奇起来。黑手党怎么会像他这么矮，黑领结黑西装呢，呢子大氅雪茄烟呢？要什么没什么，净瞎吹。我脑海里浮出电影《教父》的音乐和画面，米拉都西拉都拉西拉发拉米，米拉都西拉都拉西拉发米瑞，“麦克，是你干的吗？”凯蒂揪住自己当黑手党的丈夫含泪问道。麦克的目光凝视窗外，缓缓抬起手，把凯蒂的手重重推开，算是回答。哇，酷，那叫一个酷，这才是黑手党懂吗？乔伊要是黑手党我还不早成西西里教父了。

以后再见乔伊总会多注视一番，可看来看去还是不太像。黑手党应该抓大事，乔伊偏喜欢揪住小事不放。邻居有个玛丽女士，她倒的垃圾总让乔伊抓住。纽约倒垃圾是一周两次，把分好类的垃圾袋放在自家门口，等垃圾车来收。这天一大早就听乔伊在马路上喊：玛丽女士，玛丽女士，你又把塑料瓶和生活垃圾混放了，不是告诉你要分开吗？这是法律。说着他从玛丽女士的垃圾袋里把塑料瓶一个个拣出来，放到另一只垃圾袋里。风韵犹存的玛丽女士穿一件漂亮的蕾丝睡衣，秀发凌乱地跑出来，接过乔伊手中的活儿嘟嘟囔囔继续干，我说你这个老头子，翻我家垃

圾干什么，垃圾是我家隐私懂不懂？乔伊一听，气不打一处来，他袖子一撸，胡子立刻翘起来。别说，这个动作和表情有点儿黑手党的味道。乔伊说，你的隐私干脆放你家床头去，别往外倒。倒就得按规矩来，都不守规矩还要规矩干屁。

二

青春难免荒唐，缺少荒唐的青春就像缺少阴谋的爱情一样索然无味。尽管异国漂泊，动荡生涯不仅不会令人乖巧，反倒使欲望更加无忌。在孤独的环境里，孤独其实是一种隐藏。大隐于市，没人注意你，老子想怎么活怎么活。自由嘛，孤独就是自由，最自由的人最孤独。那时我毕业后找到了工作，兜儿里开始有几枚小钱，渐渐又认识了些跟我同病相怜的同胞，大家下了班常凑在一处饮酒作乐。我们中有诗人，画家，电影导演，还有作曲家，这帮男女凑到一块儿，你想想，个个儿都属性情中人，清一色地怀才不遇，离开昔日的光环，闯入自我放逐、什么都不是的移民生涯，早就闷坏了，一见面就火山般地烧成一片，喝呀闹呀，胡说八道呀，跳藏族舞蹈喊巴扎嘿，黑夜对于我们真是太短了，太短了。

那天深夜又喝得烂醉，停好车摇摇晃晃往家走。边走边吐，像乔伊的白狗咪咪拉屎，走一步拉一下。我踉踉跄跄扶着树前行，突然一双手臂从身后搂住我。那双手很有力，给人一种不可抗拒的坚硬感。乔伊，是乔伊。我一笑，醉眼蒙眬地说，哈，乔伊，这，这都多晚了，你站在这儿做甚？人家说你是黑手党，我看你是黑夜党还差不多。说着说着又要吐，乔伊连忙提着我脖领子把我引到路边，让我吐在地沟里。吐完他一把将我按在路边我的车上，九，你他妈睁眼看看，这是你第几次不锁车、不摇上车窗了？每天晚上都是老子帮你摇车窗，不能再这样了！又喝高了吧？软蛋，没本事就别喝这么多。等等，这是什么酒，闻着挺香。

有句话怎么说来着，了解女人是百问不如一摸。下流了点儿，但话糙理不糙。废半天话，吐沫星子满天飞，干脆拦腰抱住比什么不强。了解男人也同样，肢体传递的信息量比语言浓缩更多，就像上网，拨号上网和宽带上网根本无法同日而语。乔伊的坚硬手臂包含的内容，并不比电影《教父》差，那种感觉不光是物理上的，比如你撞到地铁的栏杆上也会觉得坚硬，不一样，完全不一样。地铁的坚硬是简单的，完了什么都没有。可乔伊的坚硬让你有震撼感，震撼关键是撼，撼字是提手边加个感觉的感，直通心脏，连着想象力。乔伊的双臂让我想到阳光灿烂的西西里岛和风情万种的意大利女郎，想到曾经也许大概可能，夜空掠过的沉闷枪声和冉冉倒下的躯体。这感觉并非全是恐惧，更充满磁性的魅力吸引。其实不管黑手党白手党，一走近就没那么可怕了，都五谷杂粮七情六欲，不过是一种职业分工，像有些人做电脑，有些人开餐馆儿一样。

既然乔伊提到酒，好办，烟酒不分家嘛。那天我特意买了瓶茅台酒给他送去，谢谢人家多次帮我看车。本来我

还纳闷儿，总记得好像没摇车窗，可第二天一看都是摇好的。就有一次，我居然没把车熄火就回家了。第二天早上乔伊用手指摇着我的车钥匙，呼呼响，翘着胡子在车旁等我，搞得我面红耳赤。酒后失态如果发生在政府肯定是坏事，估计美国国会当年通过攻打伊拉克的法案必是在一次大型酒会之后。但如果发生在其他场合，没准儿是好事。很多男人就靠假醉，酒后吐真言，才把小姑娘骗到床上去的。“我跳，跳下去。娶不到你，我，我他妈不活了。”小姑娘没见过这个，心一软，从了。还有一种情况就是和乔伊，在他面前失态，吐得像狗拉屎一样，反倒觉得跟他亲近了。不光我这么觉得，乔伊好像也这么觉得。男人醉酒跟女人脱光属同一性质，醉过之后就算自家人，算哥们儿了。

我提着酒瓶上台阶儿，看乔伊半躺半坐在门前晒太阳。他闭着双眼，身体软软的几乎拉平。屁股下的小板凳儿让我晕菜，跟中国北方乡下的木板凳儿一模一样，中间一块板儿，腿儿是同样的木板，呈直角连接。我小时候坐过这玩艺儿，把一串板凳儿排好，然后唱“小板凳儿摆一排，我们的火车跑得快，火车司机把车开，咕噜噜噜噜，闷儿。”死活我闹不懂这东西怎么会跑到他屁股底下，我的童年居然都跟黑手党接轨了。我侧头望着板凳儿出神，乔伊突然开口说话：

看什么，想打劫我？

瞧瞧，这是什么？我举起酒瓶。

茅？你说过的茅？他把台字给省了。

对，就是茅台。

乔伊从冰箱取出块奶酪，像凉粉儿一样切成条，再倒出番茄酱，我们爷儿俩就开喝。我喝酒很随便，下乡插队时跟村长学的，守着一个酱缸，村儿里家家户户都有酱缸，用手指蘸酱下酒。没想到乔伊跟我一样简单，几片奶酪就打发了。酒过三巡，乔伊一下激动起来，他翘着胡子说，九，你去和约翰说说，让他别再把车停在我门前。这个位置是给我儿子留的，他回家看到谁把车位占了，非火大不可，到时候出事儿我可管不了。乔伊说的约翰是我楼上不久前搬来的邻居，一位西语裔大汉。这件事我略知一二，乔伊不让他停，可他说，那是公共车位，你又没花钱买下，凭什么不让我停。老子就停，怎么着！我几番好劝，都效果不彰。

几天后，约翰的车丢了，一辆簇新的克莱斯勒跑车，像路灯下的影子，天亮就消失了。他在街头破口大骂，叫来警察立案。警察和站在台阶上的乔伊远远地打招呼，弄得约翰几乎都插不上嘴。过了几天，约翰赌气又买了辆同样的车，还停在乔伊门口儿。乔伊让我传话就在这个时刻。

三

从乔伊家出来，我心情有些复杂。按理说约翰没什么错，马路绝非私人财产，谁赶上谁用，没理由占为己有。

问题是话不能这么说，乔伊是怕出事，他看来根本搞不定他那个混蛋儿子。别说乔伊，连警察都是多一事不如少一事，不到闹出人命官司，谁管你丢没丢车。没瞧见吗？人家一到就先跟乔伊打招呼，理都不理约翰，这不明摆着嘛。乔伊也是为你好，别让你撞个头破血流。这鬼世道哪儿有那么多理好讲，都讲理岂不太乏味了。我把乔伊的话如实转达给约翰，你是何苦，乔伊岁数大了，又为街坊们办了不少事，给他个面子，别再把车停那儿了。可我深深怀疑约翰是否有神经偏执症，他依旧是那付腔调，车轱辘话来回说，什么过气的老梆子算个屁，什么少爷羔子欠修理，还有警察都是王八蛋，等等，气得我没法再跟他聊下去。透过窗棂，望着他的红色跑车示威般停在乔伊家门前的马路上，心里咚咚地满怀侥幸。

第二天早上，约翰的跑车又丢了。没想到这么快，这么干净利落。据说是这样，约翰一夜未合眼，闹不清这是他第几个夜晚。他拿根垒球棒坐在窗前，守着他的车，准备来个鱼死网破。只去厕所撒了泡尿，回来车就没了。他号叫着冲下楼，依稀见一辆修理厂的拖车消失在夜幕中，后面挂着他那辆红色跑车，不时闪出与地面摩擦爆出的火花，像电线短路一样灿烂。警察问，就这些？约翰点点头。他的情绪不似以往高昂，话不多。警察问询时，我看到乔伊和白狗咪咪站在门前的台阶上，目光统统偏向无目的的远方，狗尾巴不摇。连狗都不往这边看，绝了。

白狗咪咪与乔伊的高度一致性，提醒我重估这个意大利老头与黑手党的正式联系，任何统一行动好像都该和党的纪律性相关。再说按惯例，黑手党成员基本是家族式的。乔伊儿子与黑手党有染已十分明显，说明乔伊过去很可能也是，只不过金盆洗手，下岗或退休后，火炬接力到下一代。这一点从约翰搬家那天的情况也仿佛得到佐证。约翰在第二辆车丢失后没几天就悻悻搬走了。我问他，怎么突然想起搬家？你也没车怎么搬呢？直到临别时约翰才告诉我，乔伊已为他联系了一部搬家公司的卡车，免费帮他搬家。噢，是这样。我一声叹息。纽约的搬家业、垃圾业，还有建筑业等，都是黑手党涉足较多的传统行业。怪不得。

帮约翰搬家的卡车是白色的，上面印着巨大的红色英文字母，在前方红绿灯处停顿了一下，刹车灯激情地冒光，一转弯不见了，留下视觉上的一片空白，浸着夏日黄昏的躁动，像无形的冲击波，在我们这条不长的街道上缓缓释放。我放下挥动的手臂，不知为什么，紧缩的心就是松弛不下来，阵阵作痛。心血管和胃一样，同属平滑肌，平滑肌痉挛的原因往往是条件反射，比如突然从高空坠落，或猛地被警察亮出逮捕证等等，都可造成痉挛。我的痉挛来自上面提到的冲击波，看不见摸不着，空气变成能量穿透全身，让你如鲠在喉打嗝儿放屁浑身不自在。

接下来几天有些怪，街上好像单调很多，人们路上相遇，眼神似乎交融着某种疑问，是什么又说不清。当然，星星还是那个星星，月亮也还是那个月亮，玛丽女士依然风韵本色，早上倒垃圾时穿一件蕾丝睡衣，真空上阵，一对儿奶子慷慨激昂到处蹿，仿佛在为昨夜的高潮雀跃。闹老更的女人都这样，越不行越臭显摆。我自己呢，还是本

性难移，稀里糊涂地独来独往。说稀里糊涂不全对，稀里是稀里了一点儿，一喝醉走路就不利索，何况还狗拉屎似的吐一地，但绝不糊涂，正是我发现了这条街上的单调到底在何处。

那晚月亮亮成一团，我咣地关上车门往家走。这两天气得够呛，那个叫羽佳的诗人妹妹，嘴儿都亲了，愣不让上床，非让我先戒酒，你说这喝酒关上床屁事！心中郁闷，没绷住今天又喝高了，我踉踉跄跄走了几步，觉得乔伊家一侧的树丛下有声响，接着“噌”的一下，白狗咪咪连滚带爬蹿上台阶，逃得无影无踪。这狗往常见了我跟孙子似的，点头哈腰的，怎么今天扭头就跑？我立即抬头寻找乔伊的身影，高台阶上空荡荡，一片寂寞月光。我突然察觉，乔伊已几天没露面了。他这只狗精得几乎会玩儿股票，组织纪律性极强，善于跟主人保持思想和行动上的高度一致，它若不肯露面，肯定是乔伊不想露面。街上为什么单调？少了乔伊能不单调吗？我说刚才路过街角的时候，又看到几个半大小子在喝酒，一脸不知天高地厚的德行。留神吧，别让乔伊把你们的蛋子儿挤出来当泡儿踩，妈的。

半夜我被渴醒。一喝洋酒就口渴，每次都这样。我这人只认二锅头，喝酒跟结婚一样，不是什么人都能当媳妇儿娶的。我迷迷糊糊起来喝水撒尿，刚提上裤子，就听激烈的争吵正从乔伊家窗口传出。天都快亮了，还他妈不睡！我没在意，乔伊和他儿子经常拌嘴，喊几声就算了。我倒下欲睡，发现喊声越发激动起来。

没钱，有钱也不给他，个臭小子。乔伊儿子在怒吼。

我一眼看出他是哪路人，没必要惹他，听我的。乔伊回答。

管他哪路人，操，再不行老子做了他，妈的。

你有儿有女了，不能老是做这个做那个。

不给，就不给！他什么东西。

那行，你不给我给，把我那份儿还给我。

爸，你怎么越活越回去了，这不像你呀。

人啊，都是越活越回去，你早晚会懂。

第二天一早，我前脚刚跨出门，就听玛丽女士高昂的调门儿像七级大风一样凭空刮起来。她愤怒地抱怨着，两个奶子吓得直打颤。她说她儿子昨天放学，被街角几个喝酒的王八蛋小子打了，头上一大块青。还高喊着乔伊的名字撒泼大叫：你个老梆子，偷车的本事哪去了？满街的小流氓遍地是保险套，你他妈管不管？老娘我今天又把塑料瓶和生活垃圾混放了，查呀，查呀，你要不查我天天混放，还要放到你家门口儿去，让卫生警察罚死你个老梆子，气气气死我了。

我战战兢兢往外挪，生怕第某次世界大战由此爆发。我学白狗咪咪，故意不往那边看，装看不见也听不见玛丽女士性感的身影和嗓音。我刚打开车门，一只有力的手扶在我肩头。啊，是乔伊，我马上意识到是乔伊，他的手有股穿透力，能渗到骨头里，让人联想到很多与争斗相关的

图像。怎么，经过两天的沉默他又出山了？看来呼唤男人的只能是女人，两个奶子一晃就出来了。玛丽啊玛丽，高人呐，咱这条街上除我之外个个儿都是高人。我连忙回头和乔伊打招呼，说好久没见了，你好吗？我还有瓶茅台给你留着呢！他严肃地看着我，没接茅台的碴儿，随手从胸前衣兜里取出一个封好的信封交给我，说：

九，帮个忙，把这个交给约翰。

这是什么？我疑惑道。

别问了，交给他就行。地址上面有。

好好，我交给他。

我摸了摸信封，像一本儿纸，也可能是钞票。

四

乔伊的回归使街上恢复了以往的元气。元气之作用是扶正固本，中医就这么解释，清气上升浊气下降，五行平稳阴阳两调，一派莺歌燕舞的大好形势。据说乔伊这次动了真格，蛇吐信，闪电式一击，把喝酒的某个主要人物的蛋子儿一把掐住，眼瞅着原本高扬的那活儿变成行尸走肉，直到与乔伊签下口头协定：远走高飞，绝不再横行乡里。听玛丽女士描述起这段儿最为精彩，说到关键处，她既有表情又有动作，“啪！”还啪地一声把声音突出，吓你一跳，好像她也要来个蛇吐信。拜托，千万别，手劲儿不够再变成按摩，高扬的还不更高扬。不过我发现，只要远远能看到高台阶上的乔伊和白狗咪咪，玛丽女士总喜欢蕾丝睡衣真空上阵。都一把年纪了，这女人够骚。人都一样，越老越放得开。

没敢耽搁，接下来我就按乔伊给的地址电话联系约翰。我觉得乔伊的眼神儿凝结着某种深邃，说不清，让人心里发紧轻松不起来。甭管怎么说，只要尽快把信封交到约翰手上，咣，就算功德圆满。我打电话到约翰家。电话通了，对方那声“哈喽”分明就是约翰，这小子的西班牙式英语说起来像漱口，一听就听出来。我大喊：约翰，我是九啊，听出来了吗？有事儿找你，乔伊让我给你件东西。哈喽，哈喽？他奶奶的，电话断了。我马上打回去，没人接，再打还没人接。白天打没人接是上班，晚上打没人接是泡妞儿，深更半夜呢？过了午夜打，我本来到家也晚，愣还是没人接！不仅没人接，连留言机都没有，电话里嘟嘟嘟地响，全无丝毫人味儿。两天打了无数次，我把一辈子的电话都打光了，就没约翰的影子。

这天早上出门，我无可奈何地对正在遛狗的乔伊说，约翰的电话没人接，其实接过一次，他没说话就挂了。后来我打过不知多少次，再没人接。你看怎么办，要不要干脆我跑一趟，把东西塞到他家门下？乔伊沉默片刻，白狗咪咪斜起头，像我一样询问着乔伊的目光，接着乔伊果决地翘起灰白胡子，问我：

他没说话？

没说话，后来就联系不上了。

谢谢你。东西还给我吧。

看，没帮上忙。说着我把信封递过去。

你帮了很多。这个杂种。

帮忙是好话杂种是坏话，乔伊把好坏话连着说，尽管语法不甚讲究，但我不会误解，好话是我，坏话指约翰。乔伊说这话时，眼睛一亮，晃了我一下，像闪烁的汽车大灯。汽车大灯也叫高光灯，两个用途，一是照亮儿，二是超车，夜晚超车的时候点一下，请前面的车让路。一般都会让，行行，你快你先走。也有不让的，想超我，门儿也没有，这就要闹别扭了。我连忙让开路，看乔伊和狗的背影一路走下去，白狗咪咪一会儿瞧一眼乔伊，一会儿瞧一眼，他们在前方红绿灯处停了一下，转眼不见了，留下视觉上的空白，像无形的冲击波，在我的心头缓缓释放。

这两天的烦心事何止这些，那个诗人妹妹羽佳，有人发现她在曼哈顿五大道上著名的“四季餐厅”门前，一身黑色长裙，搀个老外往里走。就凭她挣的两壶醋钱，能吃“四季餐厅”？一顿饭怎么不得四五百。再说她听得懂英文吗？开电话上车牌，吃罚单打官司，哪件不是我帮她办的。上次非要我带她去女人店“维多丽亚秘密”买内衣，因为她不识上面的英文看不懂尺寸。咱个大老爷们儿，也有脸有面儿的，最后还不是咬着后槽牙跟了进去。噢，我说怎么不跟我上床，好啊，居然傍上老外了。我抄起电话就找她，没人接。妈的，约翰约翰找不着，连羽佳也丢了。这世界到底怎么了，人怎么都没了，是不是全被外星人突然劫持了？

可想而知，那晚大醉。二锅头，就得是二锅头，滋阴壮阳嘴不臭，见了皇帝不磕头。我昏昏沉沉躺在床上，睡不着也醒不了，吐得满床满地，浑身彻底散了架。梦幻中羽佳变作一只白鸟，在我头顶盘旋，既不飞远也不落下。过一会儿，白鸟的面孔又变成乔伊，从下往上看，灰白的翘胡子挡住了他的目光。突然一阵鞭炮声传来，又响又脆，噼里啪啦此起彼伏，把白鸟吓得不知去向。我想爬起来寻找，看谁这么讨厌专捡这时候放炮，可头沉得像铅块儿，根本动不了窝儿。算了，天要下雨娘要嫁人，爱谁谁爱咋咋吧。

第二天早上出门，吓一大跳。好几辆警车堵在街头，车顶上的警灯呼啦啦闪成一片，像大喊大叫，十多个警察全副武装占领了半条街。这是怎么了，第某次世界大战真的爆发了？我还没缓过劲儿，只见白狗咪咪萎萎缩缩蹲在我门前，试探地望着我。咪咪，乔伊呢？它一听这话，噌地蹿进我怀里，筛糠一样抖个不停。坏了，乔伊准出事了！我刚要跨过树丛，去看看乔伊，几名个儿大膘肥的警察拔出手枪，喊王八蛋似的喊住我：站住，干什么的！吓得我差点儿尿裤。乔伊家的高台阶上站满警察，出出进进搬运着什么，气氛诡异。那玛丽女士呢，玛丽呢？我四处寻找玛丽的身影，只见她改不掉地蕾丝睡衣真空上阵，一把鼻涕一把泪地向我扑来。她对我说，昨天深夜，约翰向乔伊儿子开枪，噼里啪啦打了好几下，可没打中他儿子，倒把

乔伊打死了。乔伊死了，我的乔伊死了。没有乔伊我们怎么活啊？

五

我后来搬离了本森贺斯特。再后来，好多年后的一天，我在曼哈顿的马路上与一位白发苍苍的女人擦肩而过。她大大的奶子，应该没带乳罩，在薄如蝉翼的蕾丝衣衫下摇头轻叹。走过去好一会儿，我还想，直到今天我依然会经常想，乔伊怎么死了？一直没好意思开口，我还想跟你学蛇吐信呢！

老高

清早，纽约又是个阴天。今年春天不知怎么了，要么下雨，要么阴天，就没正经见过几天太阳。因为是阴天，屋里显得比较暗。张方醒来一看表，哟，都快九点了。他担心吃不上老高的头锅油条，心里老大不乐意地埋怨太太没叫他。他是北京人，太太是上海人。结婚这么多年，可说话口音还是一家两制。

我说，你怎么不叫我？

看侬困得像只猪猡，勿想叫醒侬。

嘿，你不知道我要吃老高的头锅油条吗？不长记性儿。

啥个头锅，个油用了交惯辰光，伊骗侬。

行了行了，就你精，不跟你耽误工夫，鞋呢？

张方说的这个炸油条老高是个七十来岁的老头儿。据说他是退役的国民党老兵，四九年从北京，当时叫北平，

跑到台湾，后来又到了美国。他孤身一人无儿无女。用他自己的话说，反正闲着也是闲着，索性就在号称纽约第二唐人街的法拉盛，摆了个炸油条的摊位。说来也是缘分，一天早上，张方刚好打这儿路过，见一个小伙子正在用一百美元的钞票付钱，炸油条的老高面带难色，说找不开。张方看着就来气，有用百元大钞买油条的吗？想不想给钱啊！他刚要抱个不平，就听老高说，不碍的，甭给钱了，您先吃着。说着把油条递过去。张方心头一热，老北京！一张嘴就知道是老北京。

没的说，您一准是北京人，我听出来了。

没错，您也是吧。哪儿住家啊？老高反问道。

东四九条。

嘿，我也住过东四九条，真寸。

张方只当这是客气话。世界这么大，哪儿会这么巧？纽约的北京人多了，不是有个电视剧都叫《北京人在纽约》吗？可绝大多数要么只在北京上过学或工作过，要么就是在大院儿里长大的，什么海军大院儿，六机部大院儿，或大专院校等等，真正像他这样胡同生胡同长的少而又少。张方觉得，只有经历过胡同生活的才算是真正的北京人。不是有人把胡同里长大的叫“胡同串子”吗？听上去比市井无赖强不了多少。可胡同串子怎么了，胡同串子更有文化底蕴。你以为文化就是学位高低呀，告你说吧，文化的根儿是民族性。北京的文化就在胡同里，只有胡同才是民族的，没胡同就分不出北京东京啦。

在张方看来，胡同的内涵深不可测。甭管你说什么，是琴棋书画还是宫廷传奇，是鸳鸯蝴蝶还是慷慨陈词，你就说吧，没胡同够不着的。别小看胡同，那边晃晃悠悠走来个老头老太太，没准就是段祺瑞冯国璋他娘家二舅的孙媳妇或大侄子。哪座宅门儿不饱含着世事沧桑，哪棵老树不看尽风雨烟云。什么？胡同土，你懂什么呀。胡同本来就代表着世俗文化，咱全中国都是世俗文化，你读读历代皇上在奏折上的批文，压根儿就没几句之乎者也，净是北京方言，你才土呢。

正琢磨着，就听见老高又问，您住九条几号啊？五十九号，张方随口答道。老高眉毛一扬，五十九号，不会是纳兰府吧？北京人管大宅门儿叫府，主人姓什么就是什么府，纳兰府就是纳兰王爷的宅子。就这句纳兰府把张方整个儿震住了，他吃惊地睁大眼睛，什么？连纳兰府您也知道！嘿，今儿这是怎么了？

没错，是纳兰府，一点儿不假。

您哪年住在五十九号？老高紧接着问道。

打五五年起。

噢，我已经去台湾了。纳兰家大姑还在吗？

在呀在呀！您还知道纳兰大姑？张方差点儿喊出来。

敢情，四九城有名的美人胚子。

可她疯了，光着眼子满院子跑。我见过她，后来就没影儿了。

刚说到这儿，老高没马上接话茬儿。他背过身去翻动着锅里的油条，停了好一会儿才叹口气说：

唉，都是王世奎害的，说娶人家，结果枪一响自个儿先跑了，造孽啊。

王世奎？

就是傅作义的副官。

好像有这么档子事。您看，说了半天，您贵姓啊？张方客气地问道。

姓高，就叫我老高吧。

打这天起，张方经常到老高的摊儿上买油条豆浆。赶上天儿好，干脆就站在旁边跟老高天南地北地闲聊。聊东四九条的西瓜摊儿，专卖一种叫黑绷筋儿的西瓜，黄瓤红籽，根本不用切，轻轻一挤，沙的一声就开了。聊“来记饭庄”的烧饼夹肉，得捧着吃，要不然酥得不成个儿。聊北京冬天老人们戴的尖顶棉帽子，后面有个屁帘儿，跟俄国十月革命布琼尼的骑兵帽一模一样，也不知是他学咱们还是咱们学他。老高不大明白什么是布琼尼骑兵，他对苏联老毛子的事根本不摸门儿，听张方这么说也就应和着。

有一回俩人说得起劲，老高激动地从怀里掏出一张发黄的照片给张方看。照片分明被剪过，好像原来不止一个人，现在上面只有个年轻军官，身着美式军装戴着大盖儿帽站在胡同口，背后墙上有个蓝地儿白字的牌子，写着“东四九条”几个繁体字。哎哟喂，还真是东四九条！张方惊呼起来。等等儿，不对呀，您不是当兵的吗，可这位分明是军官呀？张方还在疑惑，老高好像并没听见他当兵当官的提问，反倒问起张方：

您记得“福子”早点铺儿吗？是个天津人开的，就在九条西口儿往南一拐。

“福子”？不知道，没见过这么个铺子。张方一脸茫然。

那油条炸的，最后一口都是脆的。还有豆浆，上面有层皮儿，比奶油不差。

您这手艺一准是福子的真传！

我比福子差远了，没的比，没的比。

张方知道老高这是客气。北京人讲究客气，有时客气得都俗了。但话又说回来，宁可客气也别像大老美似的净瞎吹，多寒碜呀！说实在的，张方是真喜欢吃老高的油条。他觉得老高的油条古韵犹存，吃的时候总会想起当年住胡同的情景，晨曦树影，庭院炊烟，把人整得忽忽悠悠的。再说，味道也的确跟别家不同，没那股奇怪的煲仔饭味儿，买回来即便放个半小时一小时也绝不会疲，连他太太后来都喜欢吃，甚至她自己也跑出去买。哼，上海女人的嘴，要多刁有多刁。“高先生，侬个油条米道交惯好。”看看，现在又味道特别好了，不是说人家骗你吗？张方想着，刚要再夸夸老高，就听他自言自语嘟囔一句：

淑仪就喜欢吃这口儿，“福子小铺”的油条豆浆。

淑仪？纳兰淑仪？您是说纳兰大姑？张方不解地追问道。

春天仿佛还没来，暑热就咣地一声不期而至。张方这次回北京讲学竟住了溜溜儿三个月。他每年夏天都回北京，一般就三四周。这次他讲学的那所学校说要参加个全国会议，希望张方多留些日子，帮他们为会议搞个综合报告。张方这人脸皮儿薄，副校长又是他当年的同班同学，只好多住些日子。不过也好，他正好可以在北京四处走走。特别是东四九条五十九号，三十多年没回去了，这次一定得去。他临离开纽约前还问老高，要不要一块儿到北京转转，去看看您说的纳兰府？老高开始挺兴奋，说要去。可聊着聊着又支支吾吾变了卦，说张方替他看看就行了。你说这个老高！行，替您看看就替您看看，等回来再跟您说道说道今天的纳兰府是个什么模样儿。对了，要是能打听到纳兰大姑的消息就更好了，老高好像对她挺上心的。

一个风清云秀的下午，天很高很蓝。张方找学校要了部车，终于跨进阔别已久的五十九号大门。他凝视着斑驳的墙壁和早已磨烂的石阶，往日时光，老街坊的容貌，还有纳兰大姑洁白如玉稍纵即逝的光身子，呼地涌进心头。他定神看看眼前的一切，哎，变了，是变了。房子还是那些房子，可没人认识他，他也不认识谁。原来房子之间有回廊连着，甭管下多大雨，从这屋到那屋不用打伞，根本淋不着。现在倒好，回廊都被围起来当房间了。本来挺豁亮的院子，变得又窄又暗。唯独没想到的是，原来纳兰大姑住的北房窗前的那棵老槐树，还像从前一样枝繁叶茂，仿佛一直在等待什么人的到来，这让张方不由感到一阵惊讶和安慰。

回到纽约，张方仍无法立刻从纳兰府的图像中走出来。一会儿是小时候的样子，一会儿是这次看到的样子，像电脑游戏一样交叉往返，让人弄不清哪个真哪个假，哪个是已经逝去的离歌，哪个是正在上演的吟唱。让他闷闷不乐的还有另个原因，就是关于纳兰大姑的消息，他问了好几个人，除了不知道的，但凡说出点儿门道的，都说她早就死了。有个老太太还愣说纳兰大姑就死在那棵老槐树下，可再多问几句当时的情形，吊死的，撞死的？老太太又说不上来。这么个大活人，怎么能说没就没了？

想到纳兰大姑，张方自然而然地想到老高。本想一回来就去找老高聊聊这次故地重游的事儿，顺便也告诉他关于纳兰大姑的种种传闻，可不知怎么回事，拖了一天又一天，就是打不起精神来。这天张方起了床，哎，我说，老高最近怎么样啊？他猛不丁向太太问起老高的近况。太太刚洗完澡，裹着块浴巾，一边吹头发一边对他说，“伊西他了”。

死了？别胡说八道了，怎么死的？张方嘣地跳起来。

伊脑里厢血管爆他了。

你是说脑溢血？

侬晓的吧，伊勿姓高，我讲过伊骗侬。侬嘎要相信伊做啥拉？

不姓高姓什么？又跟我胡扯。

伊姓王，王啥奎，医院里厢讲的。

王什么奎，王世奎？

对，侬哪能晓得拉？伊还让我把这照片交给侬。

张方心里咯噔一下，彻底傻了。

第二年夏天，北京还是那么炎热。张方这次回来没像往常一样通知学校。他生怕当副校长的老同学又带人到机场接他，闹哄哄的。此刻他只想静一点，越静越好。他闭上眼坐在出租车里。司机以为他睡着了："先生，醒醒儿，到了，九条五十九号到了。"是啊，到了。眼前的纳兰府，在黄昏里显得十分安祥。张方把老高托他太太交给他的照片握在手里，看了又看，然后轻轻放在纳兰大姑窗前的老槐树下，掏出火柴，嚓地一声点着。

火光一闪，在深色的泥土上转眼即逝。院子里似乎没人注意到张方的存在，更不知他刚才干了什么。

奈何桥

1999年9月31日早10点，北大医院第十附属医院急救室里同时传出两起死亡病例。死者是两名七十来岁的男人，都因心脏病突发于当日凌晨被救护车呜呜呜地送进来的。一个叫牛天，另一个叫马地，均为京华电影制片厂的老演员，也叫表演艺术家。这年头流行加头衔，各式头衔像包饺子一样，吃多少包多少。就说教授吧，该词原本来自西方，西方大学里有正教授、副教授和助理教授这么几档。咱这儿倒好，教授之外又发明个博导——博士生导师。带博士生是正教授的职责之一，不带博士生你当什么正教授！挺明白的事非往糊涂整，这要和国外同行交流，你怎么翻译这个博导，人家不笑话吗？说远了。

京华制片厂的同仁们听到牛天、马地的死讯，既感悲哀也长长叹了口气。唉，两位老爷子都各领风骚，牛天是上海联华制片厂出身，曾在《马路天使》里给赵丹配过戏。马地呢，延安鲁艺的，当年演过《白毛女》的老乡乙，都

是老前辈了。可不知怎么回事，他俩就是尿不到一壶，谁也看不上谁。打五十年代组建京华厂伊始，就你争我斗干了一辈子。嗨，现在总算消停了。你说绝不绝，愣同年同月同日死，打架都打出个白头偕老。看来这天长地久不光是男欢女爱，打架斗气一样能惊天地泣鬼神。你别说，还真是。

牛天、马地双双飞出急救室，第一感觉就是身体轻，没重量了。以前走路总是身体往下坠，抬腿迈不动道，还动不动就气喘吁吁。此刻这些现象全没了，体轻如燕，比燕子还轻，走路像飘，忽忽悠悠往前蹿，这让他俩兴奋不已。不是有句话叫飘然若仙吗？飘和仙是配套产品，你体会不到飘然，就永远不知成仙的滋味。他们你看我我看你，不禁大吃一惊。原来他俩都赤身裸体，身上竟连一片遮羞物都没有，这让他们叫出声来，衣服呢？我的中山装可是纯毛哔叽的，马地边喊边躲在一片云彩后面。行了行了，不嫌丢人。就知道纯毛哔叽，说你土八路还不服气。我那身西装可是名牌儿，乔治·阿玛尼，意大利原装，去年罗马电影节安东尼奥尼送我的，下次见到老安怎么跟人家交代啊。牛天嘟囔个没完没了。

一阵微风吹过，把遮挡马地的那片云吹走了，云走一点儿马地跟上一点儿，可云走得比他快，终于没跟上，露出一身赘肉。牛天噗哧笑出声，老马哟，瞅瞅你这身囊揣，惨不忍睹啊。瞧咱这腱子肉，不瞒你说，在联华时就开始练，进急救室那天都没停过。像不像二十岁的小伙子？最后这句他没好意思说出口。其实这话并非他的原创，是蓓蓓，他导的一部戏里的女主角，她对他说的。马地看着牛天那付自我陶醉的德行，嘁地一下露出满脸不屑。牛天，你看看这是啥？伤疤，怎么了？这是当年东渡黄河挺进敌后被日本飞机炸的。那时你除了练腱子肉还干啥了？没干什么呀。健忘，当日本鬼子顺民都忘了。马地哈哈大笑。你才是日本人的顺民呢，少拿你抗日的经历说事儿。牛天满脸不服气。

两人正你一句我一句地斗嘴，只见云雾深处微微一亮，闪出块巨大的有些像电视屏幕似的空间。哟喝，这地方电视咋这么大个儿，比楼房都大，上面演的啥？马地问牛天。好像是，好像是，牛天说不清，可又不愿承认自己不懂。按以往经验，对马地之流的提问，甭管什么方面，牛天没有不知道的，可今天这东西确实没见过。再仔细一看，他俩都愣了，原来上面演的是京华厂正在开他俩的追悼会。只见厂长正在念悼辞，“沉痛悼念著名表演艺术家牛天、马地同志……”牛天一听就不大高兴，说我是表演艺术家当之无愧，你马地算什么表演艺术家，土八路嘛。就知道占我便宜，当年你拍《别忘我》不就偷我《雁北飞》的手段，要不你能明白什么叫意识流？马地立刻反驳，哟哟哟，别不害臊，你在上海联华时被捕的事，不是老子放你一马还不早成历史反革命了，哼，开你球的追悼会。

云峦缥缈无边无际，像舞台上放的烟幕，把一切挡住，就为突出演员的高大形象。牛天、马地已经习惯了彼此的光身子。什么都是个比较，反正此地又没外人，光不光还不一样。幸亏俩人均为男性，否则情况会复杂一些。这时

就听远处有歌声伴花香阵阵飘过，让牛天、马地顿感陶然。这歌真好听，好像是信天游，马地兴奋地叫起来。

骑大马，
扛大枪，
三哥哥吃上八路的粮，
为了回家看姑娘，
呼儿嘿哟，
打鬼子他顾不上。

马地情不自禁边走边唱。牛天急忙打断他，我说，你唱的好像是《东方红》嘛？嗨，你懂个屁，《东方红》就是用这信天游改的，长本事吧你。哎哟喂！牛天叫起来，说你胖你就喘。你就知道信天游，记住了，这才不是什么信天游，这是亨得尔的《弥撒曲》。啥得尔？亨得尔。那王府井的亨得利钟表店是他家开的吧？肯定是复姓，少数民族，姓亨得名尔，甭问，准是这么回事。牛天气得哭笑不得，他扬扬手，好好，少数民族，复姓，啊呸！

说话间牛天、马地沿着云路来到个三岔口，路从这里兵分两道。一条向左，路牌上写着“奈何桥”。另一条向右，也有个牌子，上面写着“阎罗店”。一个小孩儿唇红齿白，手里举着一面彩色小旗，有点儿像旅行团的导游，站在他俩面前。小孩儿主动上前对他们说，我是你们的路童，带你们到各自的归宿去，来，穿上衣服，跟我走吧。牛天、马地一愣，这才猛然察觉，此地已非凡尘俗境，而是另一番世界。他俩脸色一下绿了，慌忙问小孩儿，你的意思是，不不，我的意思是，我不能再回到原来的地方吗？小孩儿微笑，那里有什么好，你非要回去？对对，我一定要回去。牛天想起蓓蓓，今天如果是周四，下午正是和蓓蓓幽会的时刻。他们经常去西苑饭店的后楼，那里有个半封闭院落，绝不会碰到熟人。房子虽老但墙厚，隔音效果极佳，蓓蓓这丫头叫起来动静忒大。马地当然也想回去，不光为那套纯毛哔叽，儿子上电影学院的事到现在还没搞定。院长是他延安鲁艺的同学，马上就要退休，过这村没这店儿，我可就这么个宝贝儿子。

小孩儿仍在微笑，把衣服举到牛天马地面前，“你们不妨先穿上再说。”牛天摆出一付不依不饶的架势，不不不，我不穿。这是什么衣服，麻的，纱的？分明是出家人穿的嘛。老马老马，你穿这衣服最合适，赶紧把那身赘肉遮上。小孩儿小孩儿你听我说，把我的乔治·阿玛尼赶紧还给我，下次上新片我一准让你当主角。其实我一直想导一部少年儿童的影片，你这形象最合适。马地在一旁越听气越不打一处来，姓牛的，别给脸不要脸，这袍子你不穿让我穿，我看你这嫁祸于人的臭毛病又犯了。当年反右的时候，是你自己说的布来希特体系比斯坦尼斯拉夫斯基高明一百倍，可后来文化部追究下来，你偏说是我讲的，娘的，到现在老子连啥是布啥是斯都搞不清，咋会说这话？那你呢？牛天也不示弱，你这男盗女娼的伪君子，制作室的张立明被打成右派赶到乡下，你对他老婆怎么来着？口口声声说做人家思想工作，怎么做到床上去了？他们家老二谁的种？

谁的？

一路走一路吵，无论小孩儿怎么劝，他俩既不停止争吵，也不穿那身衣服。小孩儿无奈，只得一步步随他们走到奈何桥下。

桥下很多人，他们排着队似乎在等待什么。牛天眼尖，老远就看到赵丹正在维持秩序。他大声喊道，阿丹，侬好哇，交惯辰光莫见到，侬哪能在个地方白相？牛天已很久不说上海话，他的北京话说得比当地人还地道。可突见阿丹，上海话禁不住脱口而出。令他不解的是，赵丹看着他微笑不语，从眼神中可以看出，似乎根本不认识他，这让牛天既尴尬又迷惑。

马地也有类似遭遇，他遇见了刘炽，他的小老乡，也是延安鲁艺的老同学，就是《一条大河》《荡起双桨》《英雄儿女》的曲作者。这人可是天才，别看他每天酒不离口烟不离手，说起话来疯疯癫癫，可要论作曲，一个李劫夫一个刘炽，无人出其右。三娃，刘炽小名叫三娃，你的酒壶呢？咋着，戒酒了？少来这套，我还不知道你，你能戒酒我就能生娃你信不？刘炽看看他，扭头走开了。马地顿时哑口无言。再仔细看，牛天、马地又发现徐志摩、萧红、兰马、冯哲，还有老舍、焦菊隐什么的，都在此地徘徊。有的做沉思状，有的读书，还有个别的喃喃自语，不知说什么。与牛天、马地不同的是，这些人身上都穿着小孩儿让他们穿的长袍，看上去满载哲人风范，一点儿不像他俩，仍旧光着身子，凸显着俗不可耐。

牛天看看马地，马地看看牛天，他们又一块儿朝小孩儿手中的衣服望去。我看咱还是先穿上这身道袍，牛天征求马地的意见。我看也是，要不人家都不理咱们。再说他们都穿衣服，就咱光眼子，寒碜不寒碜。就说呢，走，找小孩儿把衣服要过来。说着他们走到小孩儿面前，牛天说，小孩儿，我们先穿上你的袍子，不过得说好，我俩来时的衣服你必须还给我们，我们可不能穿你这身道袍回去。小孩儿满脸微笑，边递上衣服边对他们说，不穿这身衣服是进不了天堂的。你们都算有功之人，来的时候就接到指示，要耐心等待你们，别以为谁都有资格穿这身衣服。听了这话，牛天、马地又露出犹豫的表情来。你是说，我们无法再回到原来的地方？我可没这么说。这样吧，你们不妨穿上衣服，去问问那些过去的老朋友，看他们怎么说？牛天、马地想想也对，于是背对着背，窸窸窣窣把衣服穿上了身。

就在把衣服套上头的瞬间，牛天、马地都感到一片明亮柔和的白光闪过。这光芒不像从什么地方照射过来，倒像是从自己心口生长出来的，先是一点，温暖舒适，然后长大升华，一片片一阵阵由里向外传遍透全身。不仅如此，不仅在感觉上沉浸在轻松自如的陶醉之中，精神上也顷刻豁然开朗起来，好像一下跃上很高的台阶向下俯瞰。他们渐渐转过身，用超凡脱俗的姿态和心境彼此面对。牛天先开口，先生，您请。马地平和谦逊地回答，不不，还是您请。说着他们并肩跟着小孩儿走向奈何桥旁的一位老者。老者身边有张巨大的桌子，上面堆满本册。用俗人的眼光看，这位老者长得甚像齐白石，也可能就是齐白石，但对于牛天、马地来说，他究竟是谁丝毫不重要。那位老者翻

来翻去，取出一张表格，用孔乙己般细长的手指让他们二人分别签上自己的名字，又把表格放回本册之中。

京华制片厂曾流传过一阵牛天、马地死而复生的传言。说他俩被送到太平间后，因不能容忍同居一室，宁可醒来再战三百回合玩耍。有人说，曾听到过太平间传出叫骂声，很像牛天、马地的口音。可又过了些日子，特别是把他俩安葬之后，这些传言就渐渐烟消云散了。再过些日子，人们竟很少提起他们，仿佛他们从未出现过一样。

那时青春太匆匆

1983年秋，我大学毕业第二年，部里派我去重庆参加工业普查项目。飞机落入黄昏，歌乐山机场沉浸在柔和的暖调子里。当地官员温主任接机，他手中的牌子上写着“陈久”。我说，是七八九的九。他惊讶一叹，数字也好做名字？那是我头一次来重庆，傍晚的山城像差点儿走光的少妇，从里到外流淌着遮不住的风情。街头小贩的吆喝，四周璀璨的灯火，还有女人男人煽情的叫骂，每扇窗后都上演着恩爱情仇的传奇。我突然有种骚动，想一猛子扎进这座城市，打开酒瓶泡起茶壶，挽着女人在暮色中徘徊直到拦腰抱住。在北京时怎么就没这种感觉？我既兴奋又迷惑。

第二天去企业听汇报。这么说好像不太厚道，一个毕业不久的学生听什么汇报？这不赖我，当地人管我叫“中央来的”，这个报显然是汇给中央的。我刚坐定，周围挤满要汇报的人。只见温主任匆匆走来，在我耳边说，部里电

话，季部长下周会见英国发展大臣奥拉姆勋爵，让你立刻回去准备材料。现在？现在。机票呢？都安排好了。我一下抖擞起来，连英国勋爵的事都等着我，你当这报是白汇的。我再次穿过繁忙的街道，白天的重庆一付假正经模样。刚来就走，尽管来得伟大走得光荣，但茶没喝酒未饮腰也没拦住，淡淡的遗憾不禁漫上心头。

过了机场安检就看不到温主任了。分手前他一再强调，九字好，没有比九更大的数。或许夜幕唤醒的骚动尚未退去，我注意到一位与我年纪相仿的女士也在候机，她眉清目秀身材挺拔，错落有致的曲线充满活力和诱惑。她手持一本包着牛皮纸的书，我变换多个角度才看清上面写着“罗亭”二字。哦，这就有戏了，《罗亭》我读过不止一遍，屠格涅夫的名著，写俄国革命前夕知识分子的迷惘。我带着被英国勋爵燃起的轻狂走上去，装不小心把她的书撞落在地，再故作惊讶地拣起来递给她，真对不起，你看看。这是什么书？噢，《罗亭》，你知道罗亭的原型是谁吗？她扬起头疑惑地望了我一眼，一言未发接过书转身而去。

毁了，真他妈现眼，我心跳得咚咚响满脸赤红，羞得一片天塌地陷。单身汉追女人无可厚非，但被轻视和拒绝的滋味绝不好受。我低头又抬头，怎么都不对劲。裆里刚才还满满的，顷刻空荡得像个太监，哼，这小子逃得比谁都快。我特臊特悔，特特特特，就差特别法庭审判你。你以为流氓都那么好当，根本和你不是一种猴儿！还中央啊勋爵呀，女人看不起就什么都不是。为缓过这口气，我找了个冷清之处坐下，眼前跑道上正有飞机降落，刺耳的呼啸把我扯得支离破碎。我下意识回头查看温主任的行踪，幸亏走得早，让他撞上这个狼狈情景，九还会最大吗？

歌乐山机场陷在山窝里，这山肯定就叫歌乐山了。以歌为乐，古人的歌是大声咏诗，真是风雅豪放的好名字。由于周边山峦空间狭小，我发现飞机起降时，机翼几乎碰到岩石，令人惊心动魄。我用观察飞机调整心态，其原理和气功的入静，禅修的打坐有异曲同工之妙。我的呼吸渐渐匀称，隐约的虚脱感也慢慢退去，长长伸了个懒腰，感觉平静许多。人就这样，好了伤疤忘了痛。刚缓过来一些，目光又向那个女子投去。远远地，她不读《罗亭》了，而是与身边一位长者交谈得十分投入。我听不见声音，只见她的嘴唇在蠕动，手臂不时地挥舞，显得认真而慷慨。

我情不自禁向她挪去。大脑虽警告我的腿不要朝那个方向走，可两条腿就是不听使唤。小时候每犯错误，老师总用食指点着我的前额问，思想支配行动，你说说当时怎么想的？我不懂为什么是思想支配行动，只好胡说：是自私自利，对不起国家对不起人民。然后用眼角偷窥老师，赶忙再补一句，更对不起老师您哪。听了这句老师才松弛下来，说，下次注意，去吧。但现在我彻底明白了，行动不光由思想支配，也由眼睛支配，更可能由身体其他重要部位支配。就这么胡思乱想，我已十分靠近那名女子，跟她背对着背，只听她激昂地说：

“体改委建议完全放开粮油产品价格，我不同意。粮油是基本生活资料，如果价格放开必将影响整个物价体系，那时天下大乱怎么办？我看这些人是存心想看政府的笑话。

解决城乡价格倒挂问题不能靠降低城市生活水平，不能杀富济贫，只能走逐步提高农村生产力的道路。问题的产生不是一朝一夕，是近代中国经济发展严重不平衡的结果，问题的解决又怎能毕其功于一役，仅靠开放粮油产品价格呢？这完全是不负责任的做法。”

我浑身一阵发热，脉搏又开始加快。知道什么叫自愧形秽？是一种震撼。你说说，她看上去年纪跟我相仿，估计学历也差不多，人家怎么就抡得起这悠关国计民生的超重命题？历史现实的因果关系摆得如此透，其境界不说政府总理，起码也是块当部长的料。我不禁回头看她的背影，披肩的长发正随起伏的声调摇来晃去，摇下的都是惊世骇俗的至理名言，像棵丰收的苹果树，摇落一地的红苹果。

这时登机开始，人们徐徐地向登机口走去。我发现红苹果亦在其中。这并不奇怪，从口音和风格判断，她应该跟我一样从北京来，当然也回北京去。奇怪的是，我比她先进入飞机，那是一架苏制伊尔飞机，我刚落座，就在最后一排的旮旯里，那里只有两个座位，只见红苹果也像约会一样朝我走来，并停在我面前。她的衣服碰着我的脸，腿的某部分好像还挨着我的腿，我觉出她的腿比我的软很多。她说，里面座位是我的，麻烦你让我进去好吗？口气听上去不像刚才议论时政时那么中性，很像个女学生女孩子。

我梦一样站起又梦一样坐下。本来认为已很遥远，遥远得不是一种猴儿，可她偏偏走近你往你怀里钻，这让我彻底懵了。我尽量镇静，用余光观察她的举动。她从容地坐下，掠头发的手势让我沉迷，然后透过窗口向外眺望，再从书包取出那本包着牛皮纸的《罗亭》静静读起来。镜头定格了，我也随定格的镜头浑身发紧口干舌燥，紧张得连腿都不知怎么放。刚才还跃跃欲试的色胆已望风而逃，部长勋爵统统沉入江底。废物，这么没骨气，当年“九·一八”沈阳沦陷就是让你这种人丢的！

飞机的轰鸣挡不住空气的凝滞，空气的凝滞挡不住我的焦灼。没想到伊尔飞机的座位竟如此之小，小到连她用什么牌香波洗头都能闻出来。不光如此，她呼吸时胸口的起伏也太做作了吧，飞机都起飞了，为什么她还不解开安全带？问题很多一律没有答案。我觉得好压抑，如果美丽都如此玉洁冰清拒人千里，世界还不早炸了。再说你玉洁冰清也罢，靠我这么近干嘛，像坐我腿上似的，咱俩前世没冤后世无仇，折腾我干什么。红颜祸水指的是无事生非，从没有生出有，没有的欲望，没有的烦恼，都给你生出来。我正心乱如麻，红苹果这时突然开口，吓我一跳。

哎，你刚才说罗亭的原型是谁？听口气好像我们认识。

是巴枯宁，无政府主义思潮的先驱。

就是被第一国际开除的那位？会是他？

我也是从屠格涅夫其他作品上看到的。

你贵姓，哪个单位的？

我叫陈九，是轻工部政策研究室的，你呢？

我是何凤，国家计委物价局的。

难怪说起物价一套套的，原来是本行。我们终于开始交谈，僵硬的空气一滴滴融化。本来嘛，甭管两人多么不同，甚至无论彼此是否有好感，最后一排只有我们二人挤在一起，像坐专机似的，想不说话都难。我们天南地北地聊开，情绪大大轻松起来。我发觉，在文学上我比何风有优势，屠格涅夫的作品除了这半本《罗亭》，她只读过《猎人笔记》。其实屠格涅夫最精彩的代表作是《前夜》，她连听都没听说过。我给她背咏 1962 年版的《前夜》第 189 页上的生动片段，何风吧嗒吧嗒眨着眼，望着我像望一座雕像。可在其他方面，她却凸显不凡。比如她提到美国科学家维纳的控制论，我说我知道维纳斯，原来爱神还有个弟弟。何风笑得哈哈哈，你真逗，愣把维纳当维纳斯的弟弟，他们根本不在同个时空。说着何风又聊起物价，看来这已是她的第二本能。我连忙把话题扯开，1968 年奥斯卡外语片奖是哪部？哪部？索菲娅·罗兰的《向日葵》。我不想重温候机时对她的崇拜感，就算刚才是崇拜，此刻挨她这么近，让我还怎么顾得上。

窗外泛起云霓，音乐般的色彩仿佛是从我心上流淌出来的。我的目光透过机窗投向晚虹，浑身感到一种时光停滞的惊颤。美丽总在消失的瞬间出现，难怪人们始终怀疑它是否真的地存在。可正是这似有若无的美丽，始终支撑着人类的精神世界。何风显然未察觉出我的白日梦，终于把话题牵到现实中来。白日梦的惊醒与黑夜梦的惊醒一样，心会有突然失重的空幻。

你觉得土地承包制应该移植到工业上吗？何风问。

我们轻工系统小企业多，大家普遍希望承包。

可你想过工业承包会模糊企业的社会化性质吗？

社会化性质？我，不大明白。

接着何风又滔滔不绝，把候机时的风采再度呈现。从所有制性质到产业发展的内在联系，从罗斯福的新经济政策到索罗滋震撼法，还是那么头头是道井井有条。不知为何，此刻听她侃侃而谈，即便这些语言还带着她的体温和头发的香气，我却渐渐平静下来。我的目光穿透何风的身体，向失焦的远方望去。我很担忧，担忧本以强劲的梦幻感会稍纵即逝。在这样的时间地点，干嘛不聊些别的？为了转移话题，我指着窗外对何风说，按时间算，我们应在秦岭上空。当年诸葛亮六出祁山，愣冲不破这道屏障，无法入主中原。话音刚落，广播里果然宣布，飞机正进入秦岭上空，这里气流多变，请大家系好安全带。何风诧异一笑，神了，你怎么知道是秦岭？巧合巧合，我假客气地答道。才不是呢，我觉得你这人挺神的，真的。

就在这时，只听呼的一声，飞机像失控般震动了一下，接着一下又一下。开始大家尚在疑惑，一片鸦雀无声，但几下之后乘客们开始焦躁紧张交头结耳起来。有人站起来大声质问空中小姐怎么回事？空中小姐一个劲儿劝他坐下系好安全带，只说是飞机遇到气流，很快会恢复正常。不幸的是，这个预言并未出现。大家刚安静了几秒钟，飞机突然开始剧烈颤抖。我们靠窗最近，在猛烈的抖动中，我

们感到机窗边缘被震出了缝隙，风正从那儿吹进舱里，冰冷像针扎似的扑到我们脸上。何风哇地大叫，窗户破了，窗户破了！空中小姐立刻踉踉跄跄跑来，把手放在缝隙上，赶忙又扭头往前舱跑。有乘客问怎么回事，她根本顾不上回答。飞机抖动得越来越厉害，并伴有嘎嘎的响声。我们像乘云霄飞车忽上忽下，连头上的行李都被震落，洒了一地。有个乳罩落在我身上，应该是何风的，可我们谁也无心顾及这些，我看着何风惊恐的眼神和苍白的面孔，无言以对。

当空姐再次出现时，每个人都从她泪流满面的表情上看到了绝望。她左手拿着一叠纸，右手攥着一把笔，断续地对大家说，飞机出现故障，正在排除中。你们有什么要交代的，请写在纸上，机上统一保管。话音未落，舱内一片哗然。有叫喊的，有大哭的，也有亲娘老子骂领导的，还有人呼救，来人哪，谁谁谁晕过去了。飞机仍在颤抖起伏，丝毫没平静下来的意思。我脑子一片空白，奇怪的是并未感到恐惧。也许年纪太轻不谙世故，不明白父母养育之恩的分量，我想到了父母，也想到了未完成的会见材料，最不可思议的是，我更想去安慰身边一团乱麻六神无主的何风。她看上去正在崩溃，满脸泪痕长发纷乱，嘴里不断重复着："我不能就这么死，我不能就这么死。"我递给她我的手绢，她仿佛突然发现我的存在，一把拽住我的胳膊毋庸置疑地说："九，抱我，我们死在一起。"

我无法形容那是怎样一种震撼和颠覆。还没等我回答，何风已扑上来紧紧将我搂住。她的嘴抢走我的嘴，炙热的舌尖令我窒息。她抓起我的手，放在自己丰满的胸膛上，再将腾出的手急切地伸入我的衣裤。开始的瞬间我很被动，潜意识里仍将高谈阔论的何风与野蛮女友的何风相连，紧接着便情不自禁陷入疯狂，把她粗暴地压在身下。我们尽情享受彼此，把激流奔涌与一泻千里推向极致。那是生命之烛在熄灭前的最亮一闪，那是重归自然心胆相映的回光返照。当所有凡尘俗世的价值金字塔顷刻坍塌，失去功利的重荷，人就是仙，才有尽情飞翔的的快感。纯净的欲望才是真正的宗教，才能彻底地皈依。

不知过了多久，时间的搅拌机把我们揉成一团难分彼此。这时广播里突然传出声音，遥远的尘世之声：飞机将于十分钟后改降郑州机场，请乘客系好安全带，等待着陆。我们砰地坐起来，如梦突醒，感觉飞机已平稳了，听不到嘎嘎的狞叫。再往前看，乘客们都在伸长脖子彼此环顾，几乎全部蓬头垢面疲惫不堪。我们立刻提起裤子穿好衣裳。真不能想象人是何等奇妙，在这么狭小的空间，我们是如何脱得那么多又穿得这么快，多得堆积如山，快得像什么也没发生过。我把压在屁股下面的乳罩递给何风，她接过去只说了一句话："我看上去行吗？"就再没声音。

步出郑州机场，夜已斑斓。那时的民航服务不安排乘客过夜，只用大轿车把不愿再坐飞机的旅客送到火车站。我让何风等在候车室，我去弄票。"你好好休息，闭上眼眯一觉才好，我马上回来。"她点点头，没看我。我走到很远时还回头看她，她仍像一幅图画静止在那里。几番周折，我只搞到一张车票。我想，让她先走吧，她太疲劳了。可

回到候车室，何风却不见了，她坐过的那张椅子干干净净。

回到部里的日子是紧张而繁重的。奥拉姆勋爵送给参加会见的中方代表每人一座伦敦大本钟的仿制铜像。季部长向他介绍我时说，这是我的秘书。其实我不算是，部长的话让我受宠若惊。我拿着沉重的大本钟铜像，不知不觉想到了何风。如果把这件礼物送给她，她会喜欢吗？

我通过部里总机接通了国家计委物价局的电话。一个年轻男人的声音响起。

喂，找谁？

请问何风在吗？

何处长今天没来，她老公病了。您是哪位？

我，我是……

窗外的叶子绿得发黄，远处楼群沉浸在柔和的暖调子里。街上行人如织，往来车辆川流不息，这一切真像我们骚动的青春，太匆匆，太匆匆了。

布雷恩事件

清早，纽约 WXYZ 电台时事论坛主持人布雷恩先生跟往常一样，扎一条漂亮的领带，举着杯咖啡，坐进了黄色计程车。他从来不乘地铁，他是节目主持人，虽然比不了电视台的那些大腕儿，像彼得·詹宁斯，唐·布洛卡，芭芭拉·瓦特什么的，但再怎么着他的名字和声音也是满世界飞的主儿，再怎么着也是有小姑娘围着要签名的主儿，怎么说也算个腕儿吧，有让腕儿挤地铁的吗？

布雷恩一进办公室，秘书小姐就把今天的新闻背景稿件送到他桌上。这是常规。布雷恩尽管不播新闻，但每天的新闻环境还是要熟悉的，否则怎么在插播时间与打电话进来的听众神侃哪。他习以为常地掠了几眼，不就那么点新闻嘛，刷牙洗脸的时候早听过了。东边杀个人，西边放把火，烦不烦啊。美国不知怎么了，你说它自由吧，怎么越来越没有安全感了。你看看你看看，又是校园枪杀，还十几个，这不成屠宰场了。布雷恩把稿子一推，腾出点地

方，把未喝完的咖啡放在桌上。刚想喘口气，电话铃响起来。原来是密尔丝小姐，他的崇拜者和亲近朋友。“是你啊，”布雷恩不想太大声儿。“怎么，学校放假了？你准备去哪儿散散心？”密尔丝是耶鲁大学大众传媒系的学生，这不，她正琢磨着找布雷恩出去度假。

正说着，时事论坛的导播约翰逊走过布雷恩的办公桌，给他做了个手势，表示该上节目了。约翰逊是布雷恩的知交。他俩不仅工作上是伙伴，下了班也是哥们儿。他们有太多相似之处，都是劳工阶层出身，布雷恩是在纽约布鲁克林穷意大利人社区长大的，而约翰逊是在波士顿郊外穷爱尔兰人社区长大的。都雄心勃勃要出人头地，都敢冒风险。约翰逊几年前在股市高潮迭起时，算准了微软即将分股，他居然敢把所有信用卡刷爆，凑了好几十万美元，一猛子砸在微软股票上。结果皇天不负有心人，一周后微软果然分股，约翰逊的股票很快翻了一翻。布雷恩也非等闲之辈，9·11恐怖攻击发生的早上，他被慌乱的人流堵在曼哈顿中城一个红绿灯下，他不顾一切逆着人流跑了三四十条街，一直奔到倒塌的双塔前，采访惊慌失措的人们。回来才发现，脚上只有一只鞋子。这件事深得老板赏识，一下把他从小记者升为时事论坛的主持人。他们俩下了班常去苏荷区的酒吧喝几杯，趁三分酒兴，相互倾诉心声。“成功就得靠机会，没机会再怎么着也没戏。”约翰逊脸红得像个苹果。“还得豁得出去。伊拉克战争要让我采访，绝对毙丹·拉色。”布雷恩补充着。

布雷恩和约翰逊一块儿向播音室走去。他俩看上去总是那么信誓旦旦，仿佛好运就在前方等着他们。布雷恩调整了一下自己的位置，把麦克风向上挪了挪，然后给约翰逊一个眼神，表示可以开始。约翰逊张开右手数着："四，三，二，一。"然后打一个榧子，布雷恩开始了播音。"各位听众，你知道今天的天为什么这么蓝吗？是我凉台上的一块蓝头巾被风吹走了。谁要看到了千万别还给我，没有蓝天，还会有孩子和姑娘们的微笑吗？"

布雷恩永远那么潇洒自如，难怪听众这么喜欢他。约翰逊透过导播室的大玻璃窗向他伸出个大拇指。这时，导播桌上的红灯闪起来，表示有听众打电话进来要与主持人交谈。约翰逊拿起电话，里面传出一个阿拉伯腔调："我想和布雷恩先生谈谈伊拉克战争问题。"约翰逊犹豫了一下，他是导播，可以决定接谁不接谁的电话。他还是对布雷恩做了个手势，让他插播这个电话。

布雷恩按下接通键说："您是第一个打来电话的听众，我和所有听众朋友愿分享您的故事。"这时，那个阿拉伯口音说话了："尊敬的布先生，我是个伊拉克人，请告诉我，美国是自由的国家吗？"布雷恩觉得有点不对劲儿，抬起头望着约翰逊。约翰逊做了个继续的手势。"当然，我想这也是阁下到美国来的原因吧。"布雷恩慎重地说。"好，既然如此，我应该可以谈谈对美国的看法了。""请吧，先生，我洗耳恭听。"布雷恩把嗓音调低了一点。那个阿拉伯口音停了一下，突然像打破的酒瓶爆裂开来："美国到处发动战争，可却说别人是恐怖分子。你们杀了无数阿拉伯人，美国的民主是有钱人的玩笑，有钱人杀人也不会被判罪。你

们是说谎的专家，你们自己就是谣言制造者。”

说到这儿，布雷恩愤怒了，他热爱自己的国家。他用从未有过的严厉声调说：“你到底想说什么？你的观点是什么？再这样胡说八道恕不奉陪。”他边说边向约翰逊望去，企图通过目光交流得到他的意见。可约翰逊偏偏这时转身与别人说着什么，根本看不到布雷恩的目光。这时，那个阿拉伯口音又出现了：“布先生，看来你害怕了，你在代表整个美国害怕面对事实。你如果承认，我就停止说话。”布雷恩真火大了，还没人敢这么对他讲话。他极力让自己清醒一些，想想该怎么对付这个阿拉伯口音。他想过停止对话，可又担心他的胆识和名誉会受到损害。这也许是命运给他的又一次机会，让他充分表现自己的伶牙利齿和敏捷才思。再说，他的听众主要是大学生，此时他们都放假了，听众不会太多，即便出点儿意外也不会造成太大影响。干脆，就陪这阿拉伯土冒玩儿一把，看他还有什么戏唱。

与此同时，约翰逊的大脑也在飞速旋转。他实际上早用余光看到布雷恩问询的双眼，只是没想好该如何答复。他意识到今天的情况非同一般，是机会还是灾难尚无法判断。如果是机会，他们俩可能一夜之间大红大紫。如果是灾难呢？约翰逊还是想不出会坏到什么地步。

这时电话响了，里面传出值班经理愤怒的吼声：“你们搞什么鬼？还不让这个阿拉伯小子滚蛋？你们拿电台的名声开玩笑，拿自己的身家性命开玩笑吗？快点停止！”约翰逊放下电话。按操作程序，他应立即给布雷恩做个停止手势，可他没有。因为这时他听到布雷恩正在说话：“尊敬的先生，美国词典上尚无害怕二字，不过你最好说话有点逻辑，别像骂街一样。”约翰逊想，索性就等一会，反正就几分钟的事，还能怎么着，妈的，豁出去了，老子就不信这个邪。

这时阿拉伯口音又响了起来：“好，姓布的，是条好汉。遗憾的是你再是好汉，也救不了美国从此要挨炸的命运。9·11炸了你们两座楼，那只是个预演。顺便说一句，你知道我当时在哪儿吗？就在双塔楼对面的旅馆里，亲眼看到它们像泥一样倒下来，看到你们的精英分子像麻袋一样从上面摔下来，你知道我手里拿着什么？香槟酒，一瓶我从约旦河西岸犹太人屯垦者家中发现的香槟酒。我把它一饮而尽。世贸大楼的灰尘就是我最好的下酒菜。哈哈哈哈。”

布雷恩气得脸色通红。他觉得太阳穴在突突跳动，好像鲜血马上会穿透皮肉喷射出来。他真想骂脏话，更想有支枪把这个王八蛋毙了。他一时找不出合适的词汇反击这个阿拉伯口音。就在这时，值班经理疯狂般地冲进播音室，一下关上播音键钮，突然，一片寂静。布雷恩猛地抬起头，约翰逊砰地站起来。只见值班主任扭曲的脸上，像汽车煞车一样迸出几个字：“你们完了，你们必须为今天的事负责!”

布雷恩和约翰逊走进楼道尽头的吸烟室时，并未意识到这个陌生的阿拉伯腔调会给他们的命运带来什么。他们自嘲地开着玩笑，

值班经理是怎么了？平时不挺和气吗？

甭理他，小题大作，见过什么呀。

一边说着，一边点上烟，顺手把吸烟室的电视打开。画面还未出来，一个紧张急促的声音就跳出来："这里是ABC电视台，我是彼得·詹宁斯，现在播送特别报道。在9·11祭日即将来临之际，恐怖分子再次在空中袭击美国，他们通过WXYZ电台的时事论坛节目向美国提出挑战，并对美国进行了公然的、不可容忍的侮辱。下面请看本台记者在纽约时报广场进行的采访。"

布雷恩和约翰逊顿时傻了，他们无法相信自己的眼睛和耳朵，彼得·詹宁斯？这么大的腕儿，干嘛呀？他们又把台转到哥伦比亚电视台，只见头号主播丹·亚色也在播报着相同的特别报道。再看其他台，CNN的赖力·金，NBC的唐·布洛卡，这些大牌主播全都在播着同一个消息：恐怖分子从空中进攻美国，美国遭受了奇耻大辱，特别在9·11祭日这个敏感时刻。

第二天一早，以《纽约时报》为首的几乎所有报纸都在头版通栏标题报导这个阿拉伯人的消息。有用"奇耻大辱"的，有用"空中登陆"的；还有的甚至用"里应外合，进攻美国"的，反正说什么的都有。车站上，地铁里，人们谈论的差不多都是这个题目。

你亲耳听到的？

可不，我亲耳听到的，他说咱美国是骗子。

不光这些，还说美国人是婊子呢。

天啊，这还得了。你说布雷恩为什么让这个混蛋胡说八道呢。

问得好，我也正琢磨，别是商量好的吧。

这时，位于首都华盛顿特区的国会山庄比往常提前两小时开会。这是应议长和部分议员的提议召开的特别会议，专门讨论恐怖分子通过美国电台对美国本土安全发出威胁的问题。议长用木榔头敲了几下，“肃静，肃静，伊拉克人都骑到我们脖子上拉屎拉尿了。美国高贵的荣誉在经受考验。这恰恰说明我们进攻伊拉克是多么英明的决定。不是有人以和平为由反对吗？怎么今天不说话了？”副议长是少数党领袖，他一听就知道这话是冲着他来的，他从容不迫地站起来发言：“诸位，议长的话让人匪夷所思，我不记得谁反对对伊开战，我们只希望在对伊开战的同时，也能对国内的经济振兴和失业问题有足够的重视。正像大家都关切的，现在恐怖分子已深入到我们本土来，连这么有名气的 WXYZ 电台都成了他们羞辱美国的工具。此时我们更应团结一致，对这个事件进行深入调查，绝不姑息。”

在纽约下城高等法院门前的广场上，9·11 死难牺牲者的亲属们也在游行示威。他们手中的举着“9·11 死难者的鲜血不能白流”，“先发制人，打到恐怖分子的老巢去”，“严惩布雷恩”，“WXYZ 总裁应辞职”，等各式标语。周围聚集了很多旁观者。不少警察在周围维持秩序，用木制挡马栏住一部分马路，交通显得十分混乱。果然，几天后，WXYZ 总裁辞职，布雷恩，约翰逊和那个气急败坏的值班经理被 WXYZ 电台解雇。布雷恩和约翰逊被联邦助理检察

官以危害国家安全等14条联邦罪正式起诉，但后来罪名又被调整为一项玩忽职守的轻罪，原来那个阿拉伯声调经调查发现是个地地道道的美国人。为了打官司，布雷恩用尽自己全部储蓄和房产。他太太离婚而去，带着三岁女儿回了密苏里娘家。

时间真快，一晃三年过去。早被CNN收购的WXYZ电台的时事论坛主持人密尔丝小姐，正要乘火车回她的母校耶鲁大学为毕业生做报告。此时她已是颇有名气的新闻偶像，她具有磁力的嗓音和敏锐头脑使很多青年人，特别是小伙子们趋之若鹜。密尔丝走下出租车，转身向纽约大宾州车站走去。大宾州车站是纽约重要交通枢纽，也是人气很旺的地方，连一些乞丐都喜欢在这里乞讨。密尔丝走过一个乞丐身旁，从兜里取出张一元的钞票放到乞丐手中的帽子里，一抬头，正巧与乞丐的目光相遇。她定神一看，“布雷恩?”乞丐低下头，用手摆弄着一个半导体收音机。这时密尔丝才注意到，收音机正播放着她主持的时事论坛节目。“布雷恩，是你吗?”密尔丝疑惑地问到。乞丐转过身，“小姐，我不叫布雷恩，你认错人了。”

去耶鲁大学所在地纽海文市的列车开出了车站。窗外，长岛湾迷人的海岸线像少妇的身材一样楚楚动人。差不多两个小时就到了，耶鲁为她订的商务包厢格外舒适。不一会儿，列车缓缓滑入站台，密尔丝习惯地掠了掠头发，从容走出车门。

还别说，她看上去总是那么信誓旦旦，仿佛好运就在前方等待着她。

美丽的霍金河

查理教授的目光从眼镜后射出，经过镜片聚焦落在我们脸上，满载神秘和严厉。我好紧张，对他最后一句话“什么是交叉学科？交叉学科对新世纪人类社会有何种巨大影响”充满畏惧。这是给研究生开的人文学研究方法的必修课，查理教授十足的学院派风格在俄亥俄大学是闻名的。上他的课必须一丝不挂，对不起，是一丝不苟。被其斩于马下的同学何止一两个，其中包括约旦国王侯赛因的侄孙子。查理教授说，国王来了也没用，不及格还是不及格。注册这门课时我就听到恐怖警告：你死期将至。电视不能看女色不能近，等着扒层皮让查理教授作灯罩吧。

早听说过欧洲的人皮灯罩传说。查理教授祖籍苏格兰，想必更了如指掌。我本能地摸摸背后的伤疤，那是小时候患蜂窝组织炎做手术的痕迹。本来很小，随年龄一起长，最后定格在尺把长。但愿这能作为残次品的有力证据而免遭灯罩之难。不过还是争取蒙混过关，幻影飞机似的超低

空飞行就够了。我在俄亥俄大学国际事物系读硕士快一年，查理教授这门课早该选，拖了又拖，总怕英语不行被他乱箭射中。现在没法拖了，再不选就不让注册任何课，这是规定。规定就是手枪匕首架在脖子上，银行抢得飞机劫得，不怕你不服。我仓惶举着查理教授开的长长书单，像传圣旨的太监走进图书馆，准备将自己变成被骗的公猫，筹划这篇关于交叉学科如何拯救人类的伟大论文。

在银幕般的玻璃窗下，我将参考书摊在面前。这些书仿佛是巨大蛋糕，让我不知从何下口。我无奈地发呆，窗外一棵碧深绿透的巨大橡树在黄昏中摇曳，仿佛与我交谈。能帮我吗？树说。我撇了它一眼，没当真。树怎么会说话，你肯定急傻了。能帮我吗？可声音又起。我这才发现不是树说，是个女人。女人？不行不行。说好我是太监或被骗的公猫，起码这学期是。女人不行，绝对不行。不过，真的是女人？我回头望去，一个洋妞儿，白种洋妞儿站在身后，目光带着启盼。你能帮帮我吗？帮你，什么事？现在我看清了，她与我年纪相仿，金发碧眼，漂亮，丰满。最后这条最具魔力，让我咚地一下把查理教授和他的灯罩忘得一干二净。

你是中国人？她突然说起中文，四声不准但很流畅，吓我一跳。

是，有什么关系吗？

有关系。我的自行车坏了，中国男人都会修自行车。

女人也会，在中国人人都会。

不行，女人会也不能修。这是臭男人的活。

什么，连臭男人你都懂。我的惊讶盖过臭男人几个字本身，心中的陌生感顿时洒落一地。原来与老外的距离主要来自语言，语言像衣服，脱了大家都差不多。我瞟了她一眼，不知说什么好。来美之前就正式考虑过泡洋妞儿的问题，不泡洋妞儿算什么到美国。那时觉得英语不好交流有困难，何况这又是个细活儿，所以决定把该计划延后两年实行。现在倒好，看来能提前完成任务。我毫不犹豫一口答应帮她修车。没问题，你算找对人了，我八岁开始修车。八岁！她瞪圆了眼睛。其实我就随口一说，这还不得吹着点儿，泡妞儿跟泡茶泡米一个道理，都是把小的弄大，茶泡不起来能喝吗，米泡不起来能包粽子吗。对，八岁。你车停在哪儿，怎么坏了？就在外面一点点路，它就是不走，嘎嘎嘎地响。她说嘎嘎嘎时很好笑，发音太认真太标准，像鸭子叫。嘎嘎嘎？我边重复边挥了挥双臂。

我们出来找她的车。图书馆建在山坡上，由此可以俯瞰整个校园。坐落在雅典小镇的俄亥俄大学真不愧是全美十大最美校园之一，翡翠般的霍金河在这儿多情地打了个弯儿，像只呵护的手，托起这座百年学府。白墙红瓦树木成荫，精雕细琢的布局倾诉着开拓者浪漫的理想主义情怀。我不禁对身旁的她感慨一声，真美！这叫一箭双雕，如果她认为我心怀不轨，不高兴，我就说是言景，否则就是说她。什么叫暧昧，暧昧就是迂回进攻。没想到她的表情轻松坦荡，是啊，我来这儿读书一半为这个环境。真的吗？

真的。书本可以学知识，可好心肠来自环境，水啊云啊。心肠不好再聪明也没用，对人类没什么好处。她这番议论让我目瞪口呆。我转身盯着她，你在哪儿学的中文？北师大。在那儿也学过庄子吗？装子，装，箱子？

车一下就修好了。其实没大毛病，只是掉链子。依我原先战略，把文章做大。哎呀，轴承可能断了，这下麻烦，先凑合装上，坏了再找我。然后弄得满身满脸油泥，让她看不下去，非请我到她家洗手洗脸。到了家就有戏，单身女人的家是人间的伊甸园，她的眼神和浑身上下都告诉我她是单身。可我没这么做，一想到她刚才的议论就坏不下去，心里发沉。

我说，你叫什么名字？

柯丽丝。姓柯的柯，美丽的丽，丝绸之路的丝。

呵，还一套一套的。好，修好了。

这么快？

保证没问题。

哎呀，你真是八岁就会修车。谢谢。

说着她骑上车，兴奋得像个孩子。恰好是下坡，她背书包的背影一闪即逝。正值夕阳，远处那片深红让我有坠落的错觉。泡妞儿最忌两种人，好人和特纯的人，像挥刀自宫，死活下不去手。算了，我还是，坏了坏了，灯罩！哎哟喂。

几天鏖战下来，我终于获得一条颠扑不灭的真理：要么把查理教授扔进霍金河，要么把我扔进去，反正我俩无法共存于世。这么多书，别说读，变成砖盖房子也盖不完。我神经快崩溃了，把书一收，冲到图书馆前边的大草坪上。那里有很多男生女生，几乎赤身裸体地晒日光浴，乍看以为肉食公司的卡车翻了，满车猪肉洒了一地。嗯，原来白种女人也有乳房小的，就两个点。我也往草地上一躺，暮春的阳光扑向我的脸，我闭上眼，天地顿时变成一片涌动的红色。

当我睁开眼，不禁大吃一惊。柯丽丝穿着比基尼泳装也在晒日光浴，就在我身边。我睁眼时她正好也睁眼，四目相视，她惊讶地瞪大眼睛迅速将两臂护在胸前。八岁，你怎么不脱衣服躺在这儿？语气明显带着责备。八岁，瞧给我起的这名字。我这才发现自己是唯一合衣躺在草地上的人，脸呼地红起来，像偷看女人洗澡被抓住一样。真不讲理，明明你们光着我穿着，流氓也是你们流氓，我倒有罪了，看来人多就是规矩。我不知该脱还是该走，脱吧，多少有些不自信，咱可没洋人那个体魄，浑身毛，何况咱还是残次品。走，守着这么个比基尼女郎，又认识，叫我如何一走了之。脱就脱，豁出去了。我把上身脱个干净，用衣服垫着躺下。脱衣时不慎打翻了书包，里面的书哗地流在草坪上。

八岁，你在修查理教授的课？柯丽丝问。

你怎么知道？他早晚把我做成灯罩。

一看这些书就知道，我修过。

这些书你都读过？

用不着都读，挑两本主要的就行。

哪几本主要？快帮我看看，趁我还活着。

她护胸的双臂仍不放下，边看边努嘴。这本，那本，我挪一本她看一本，就不肯伸手。嘿，你说多气人，让我脱，她自己倒挡起来，这不双重标准吗？美国人就爱玩儿双重标准，国际问题如此，男女问题看来也如此。不过割地赔款也好，丧权辱国也好，先忍着，等她帮咱挑出书来再说。可惜修自行车不能光着，要么下次给她修车咱也让她脱了等。正想着，柯丽丝已帮我选出两本书。这两本就行，她语气十分确定。这两本？对，你学过黑格尔的辩证法吗？她的问题又让我大吃一惊，丝毫不亚于上次那句"臭男人"。当然学过，我大学的专业就是西方哲学。可是，你怎么也懂黑格尔？我疑惑地问。还不是为修查理教授这门课才补的。他是黑格尔专家，也是马克思专家，你用这个方法分析就行。什么，真的吗？

人们常用跌破眼镜表示吃惊，不知典自何处。不戴眼镜的人吃惊怎么办，难道跌破眼球吗？不管他，反正这次我是大大跌破了眼镜，在美国大学里运用马克思的辩证唯物论，愣在查理教授的课堂上混个优加满分。这是我到俄亥俄大学以来取得的最佳战绩。严峻的灯罩问题没想到竟如此轻松解决了。班里同学有补考的，重修的，还有个别不及格的，凄凄惨惨戚戚，李清照般哭倒一大片。有个阿根廷的同学借去我的论文，非要看差别在哪儿？看了半天说没看懂，黑格尔是谁，世间一切事物凭什么都是相互联系的，“我跟前妻离婚后再也没联系啊？”他这么一说我倒也糊涂了，对啊，我跟柯丽丝也再没联系呀。

我很想再见到柯丽丝，告诉她我傲人的成绩。不光为感谢人家拔刀相助，她双臂护胸的样子更让我坐卧不安。护什么护，那么大奶子两只胳膊能挡住吗？早让我看个正着。肤如凝脂这词已让歌星影星们用滥了，可想起她白花花的胸膛还是会想到这句成语。我突然开始了徘徊。虽然灯罩的恐怖散尽，可生存压力学习压力，还有找工作的压力，样样都像达摩克利斯之剑悬在头顶，可我居然徘徊了，玩起闲情逸致的小资情调。我突然有想写诗的冲动，这种感觉很可怕，人像得了神经病。李白一辈子想当官，就因为写诗当不上。徐志摩更甭提了。还有顾城和食指，食指我见过，听他朗诵过诗，当时就觉得他神神叨叨。现在轮到我，也开始神神叨叨了。进图书馆非要坐那个有橡树的位置，出图书馆一定要走那条最远的路，因为那里存放了很多自行车。草地是越来越没指望了，天已大热，肉食公司的卡车一到天热或天冷就不翻车了，别说两个点，双臂护胸的也看不见。妈的，我这是怎么了。

我在校园里东闯西撞，走走停停停停走走，看上去既像丢东西又像要偷什么。相反的两端只要感觉或看着毫无区别就算走向极致；太甜或太咸，特香或特臭，痛苦了呻吟舒服了也呻吟，两极归一分不出来就是到顶了。几次看见柯丽丝骑车的背影一闪即逝，没等我喊出声就过去了。那天我开车路过图书馆后面的一条窄路，窄得像法国的乡

镇小径，只能走一辆车。我停在红绿灯前，突然看到柯丽丝骑车经过我身旁，赶忙摇下车窗大喊，柯丽丝，柯丽丝，总算见到你，查理教授的课我得了优加满分，多亏了你。周围行人都回头看我，他们肯定不是因为不懂中文，而是不明白为什么这个人有话不能一句句说，非要井喷似的一块儿冒出来。柯丽丝满脸惊讶地走向我，八岁，八岁，是你吗？还以为你不辞而别回国了，你要走了我的车再坏了怎么办？我激动得心怦怦跳，忙说，我哪儿也不去，守着你的车还不行？往下还想说什么，可突然卡壳儿。她低头弯腰看着我，白花花的胸脯晃得我睁不开眼。后面的车一个劲儿按喇叭，我只好先开走，再绕回来就没了柯丽丝。

现在我不想写诗了，我要唱歌，当歌唱家。今夜不能入睡，女人善变，午夜里的收音机，得抒情男高音的，不是高音我不唱。看来唱歌比写诗感觉好一百倍，写诗太压抑，不如唱歌来得痛快。我就这么哼着唱着，期待再次与柯丽丝相逢。

这天我又从图书馆前那条路走过，在这里我曾对柯丽丝展开过一箭双雕的迂回攻势。如果再给她修车，绝不能说声好了就放她走，太便宜她了。要慢慢修，不脱就不脱，陪着我就行。我修着她看着，那什么劲头。正胡思乱想，天啊，我眼前一亮，这不是柯丽丝的车吗！路旁停放着一大堆自行车，俄亥俄大学地处小镇，很多学生都喜欢骑车代步，但再多的车放在一起我也不在乎，照样能一眼认出她的那辆，不是吹，闭上眼都行，闻都能闻出来。我连忙左顾右盼，却不见柯丽丝人影。转身刚要去图书馆找她，走了几步觉得不对，还等什么，一不做二不休，干脆把她的车链子卸掉，再装着碰巧打此路过，她一定还得让我修车。到那个时辰，告诉你，今夜不能入睡，女人善变，还有什么什么收音机，不是高音我肯定不唱。

黄昏悄至，远远看到柯丽丝扶车独立的身影，在庆典般绚丽的晚霞中随风飘荡。她时而沉思时而远望的样子让我感动，都舍不得冲出树丛打断她。不是有位诗人写过“她看天时很近，她看我时很远”吗，根本不对，看来写诗的全部秘诀就在于正话反说。明明是她看天时很近，她要看我肯定就更近。我想起那棵碧深绿透的巨大橡树，还有查理教授的长长书单，都像薄雾一样涌向我覆盖我，又远离我逃避我。我终于忍不住走出树丛，装着刚从图书馆出来的样子。她看到我，一边微笑一边喊着“八岁，八岁”。无论微笑还是喊声都与以往不尽相同，热情之外凭添一分时隐时现的温柔，让我本想装出的吃惊表情说什么也做不出来。

八岁，车又坏了。

又坏了，怎么坏了？

它就是不动，嘎嘎嘎地响。

嘎嘎嘎？

我蹲下来故作镇静地检查她的自行车，咬紧牙关按原计划执行。哎呀，这下麻烦了，轴承好像断了。边说边从链条上摸过，弄得两手油泥，再用黑乎乎的手碰碰鼻子摸

摸脸，生怕柯丽丝看不见。我用余光看她坐在我身旁的长椅上，没穿袜子的双脚伸到我眼前，脚指蠕动着像在说话。听我说轴承断了，她非但不急，还笑得合不拢嘴，哈哈，花脸的八岁呀，你会修好的。说着她站起来，用手指向远处的霍金河，快看那，霍金河，真成金子的颜色了。我走近她，很近，连她的呼吸都听得到，顺她手指的方向远眺。是金色的，真美。我从没见过这么美的，这么美的……

美的什么？

美的，美的自行车。

修好了？

好了。

不是什么断了吗？

我用口香糖沾上了。

骗人。

她跨上车，对我俏皮地笑着说："那，下次什么时候再坏？"我一愣，突然想冲上去抱住她，再用手上的油泥给她画个黑鼻头或小胡子什么的。就犹豫了一秒钟，柯丽丝的身影已飘然而去，留下一串叮叮的笑声像打碎的铜风铃，逼我入梦。

几只野鸽子被猛然惊起，扑噜噜地向天边飞去……

荣秀开苞

苏老全的自行车轮子把村口那条土路碾得扬起烟尘。这次坐在他后座上的是荣秀。荣秀身上的花袄已显得小了，那是去年十六岁生日时大春送的。才一年，真是的，这个岁数的闺女，胸前身后，还有胳肢窝下面，撑得全是褶儿，连她自己都觉得不自在，不停地把衣服往下拽。苏老全看也不看荣秀就说，甭拽了，到那儿就给你买新的。荣秀脸一红，低着头一声不吭。

村子离县城三十多里。四月的柳絮像叫春儿的猫，慌忙地荡来荡去。苏老全一手扶把，一手伸到后面，趁荣秀不防，往她膨胀的胸上狠抓了一把。荣秀本能地撇开他的手，老骚棍子，我不跟你去了。苏老全的自行车打了一晃，车轮在细腻的沙土路上画了个蛇形曲线。不去，你真不去我就送你回家。可你爹拿的三千块钱得一子儿不少还给人家。让我摸一下怕啥，人是我找的，我不得检查检查？再说，到时候要是不落红，人家真要下我一只胳膊呢。说着

苏老全又把手伸过来。荣秀这次没再说什么，她知道他不敢把自己怎样，就用双手虚掩在胸前，把脸转向正从目光消失的小村子。行，这奶子还挺瓷实，一摸就知道没开过苞，我这手，哼。苏老全得意地呲牙咧嘴，柳絮飞进嗓子里，他不住地咳起来，咳得浑身颤抖。

午后本该是明亮的。可小村在周围深色山梁的围拢下，却显得有些幽暗。记不清是哪一年，打苏老全从城里贩豆子回来，还戴着一副蛤蟆一样的墨镜，村里的消停日子就一去不返了。先是贩干货，榛子核桃。价钱卖垮了又改卖灌水的猪羊，结果公家带着枪抄到村里，差点儿抓了苏老全。这几年，又兴卖处女了，开个苞三千块。开始大家挨个儿骂，杨大骨头家的二哥还因为这事把苏老全的门牙打掉了两颗，可后来呢，为给二哥办喜事，他们家的老丫头翠儿还不是开了苞。这个头一开就刹不住，先是翠儿，后来是桂芝和大凤，这不，现在轮到荣秀了。

荣秀回过头，小村已迷离起来。其实看不看还不都一样，一年到头就那么几百斤荞麦谷子，哪儿够啊。满山的柿子山梨，城里人来了说才值两分钱一斤，这不是明抢是啥，整座山卖给他们也不够全村的口粮。大哥跟西庄的三梆子他们去城里打工，走的时候说一个月能挣一千块，可一年多了，别说钱，连个音信都没有。三梆子上次回来说，大哥在广州倒服装呢；可他这次回来又说大哥在上海盖房子，还给过一个地址，写信过去就再没消息了。这个大哥，在家时爹娘最疼你，你就不记得咱爹的哮喘病每年都犯不？只要一沾荞麦，马上发作，发起来就要死人，整宿整宿拿被窝堆着躺不下。可咱这地方，种的是荞麦，吃的是荞麦，连拉屎擦屁股都用荞麦杆儿，咋躲得开。每次犯病就得到医院打吊针，可一打针就花钱，能借钱的地方都借遍了，本指望大哥寄钱回来，可这个大哥，咋就这么无声无息呢。

苏老全的车子拐过铁姑娘桥，桥边的柳树被风刮得左摇右晃，既像高兴又像惊慌。之所以叫铁姑娘桥是因为这条水渠叫铁姑娘渠，是当年农业学大寨时村里一帮姑娘挖的。其实说铁姑娘也不完全对，里面也有结了婚的。玉婷婶儿就是，挖渠时还带着身子，非跟那帮野丫头比每天挖多少立方，结果孩子掉了，再也怀不上，后来只得过继她小叔子的二小子当儿子。不过多亏这条水渠，除了浇庄稼，村里年轻人最爱到这儿来。大春就是在这儿第一次牵荣秀的手的。你这手咋这烫？大春问她。她只顾低头看渠里哗哗的流水，跟喝了烧刀子一样晕晕乎乎的。算了，都啥时候了，还想这些干啥。那天晚上在渠边，大春要是再用点儿力，要是甭管我疼啊疼啊的叫喊，也就没今天了。哪个女人不得叫两声，不叫你们男人干吗？一准说人家破鞋。男人要没点儿牲口劲儿还不如牲口呢。强奸强奸，你不强咋成奸。

想起大春荣秀心里就隐隐作痛。他们是同学，应该说，是小学同学。因为上初中那年爹得了哮喘病，家里缺劳力，荣秀就不上学了。而大春是一直读完初中的。不知从何时开始，荣秀到哪儿大春就跟到哪儿。荣秀上山采榛子，大春也上山采榛子，不光采榛子，还把自己筐里的榛子往荣秀筐里倒。荣秀下河摸蛤蜊，大春也下河摸抓蛤蜊。摸着

摸着大春爹赶过来脱了鞋要打他，“你个小兔崽子，说是摸蛤蜊，你的蛤蜊呢？咋都跑人家筐里了？”看着大春挨鞋底子，荣秀好不落忍，连忙央求大春爹，“五叔，您弄错了，这筐才是大春的。我刚来，那个空筐是我的。”去年原准备订亲，就让苏老全这个开苞给闹的，五叔突然说要荣秀爹写个字据，保证今后不收苏老全的开苞费。“大兄弟，不是我矫情，我这聘礼就一份儿，糟践了我拿啥再娶媳妇呀。”荣秀爹喝得满脸通红，“这事我明白，我给你写还不中吗？”边说边拿起桌上的干粮就是一口。刚咬下一块，含在嘴里还没下咽，荣秀爹的脸色就变了。他颤抖地问，里面有荞麦？没等人家搭腔就赶紧往家跑，到家已喘得不成个儿。家里人只好往医院送，又是氧气，又是吊针，这才捡回条命。

在送爹上医院的一瞬，荣秀就预感到和大春的婚事已经结束了。爹这一进一出，没两三千块下得来吗？看看家里，到哪儿去凑这几千块钱。这天她下工回来一进门，就见桌上摆个三层的点心匣子，用红绳子扎着，香气扑鼻。苏老全来了！荣秀马上意识到，她恐惧也“期待”的时刻终于降临。果然，她听到里屋苏老全正和她爹说话。“大兄弟，你说我这叫啥差使，死了连狗都不啃。我到哪儿给你借钱去。说白了吧，借给你你拿啥还呀。这也是没法子不是。”荣秀爹叹着气，一口又一口，“闺女的事，她要不肯我咋能逼她。看在咱哥俩光着眼子一起长大，你还是给想个法子。”“大兄弟，该想的都想了。上次短我的二百块还没还呢，不要了，算哥哥我一点心意行不？可这次我是真没辙了。”接着又是荣秀爹一声声的叹息，还有荣秀娘的哭声和擤鼻涕的声音。荣秀静静地走进里屋，“爹，娘，我去吧。”

这条沙石路沿着铁姑娘渠，渠水流到哪儿，路就跟到哪儿。最后一次见大春，是爹收了苏老全的三千元开苞费后的一个晚上。荣秀在渠边的大柳树下等他，可等来等去不见大春的人影。月亮越来越亮，荣秀的心也越来越凉。真是的，这是咋了，开苞费都收了，还见什么呀。她独自一人往家走，快到门口，一个影子在眼前闪了一下。“大春。”荣秀喊出来。大春突然出现在荣秀面前，满脸泪水。“我爹不让我出来，把我锁屋里。我从后窗户跳出来的。”他们紧紧抱在一起，大春在荣秀脸上，头发上，胸脯上和身体的任何部位疯狂地吻着。荣秀软软地像块缎子，听任大春的摆布。当大春开始脱掉自己的裤子，荣秀却死命阻止了他。“大春，听我说。去找个好女孩儿吧。忘了我。荣秀对不住你。”那天晚上荣秀躺在炕上，心里静静凉凉的，像打了麻药针。

苏老全的车骑得并不快，他对荣秀说吃晚饭时到县城就行。“那个时候正好。”说着回头对荣秀一个坏笑。荣秀无言，她侧过头，不让苏老全被风撩起的小褂儿碰到自己的脸。苏老全唱起《小寡妇上坟》：

七月子里呀七月七，咳咳，
天上牛郎配织女。
可怜我家中守炕席，咳咳，

哎嘿一哟喂，守炕席，咳咳，
我的死人哎。

他边唱边咳嗽，声音难听得像撕报纸。荣秀想起杨大骨头家的老丫头翠儿，本来水灵灵的闺女，就大我不到三岁，看现在成啥样儿了。开苞回来嫁给了李万友，一个快四十岁的瘸子。即便这样也没落着好，每天李瘸子不是打就是骂，张口闭口就是“你这个让老爷们儿压的”，翠儿简直像赎罪似的给李瘸子干活生孩子，才几年啊，扑棱扑棱生了两个娃。想到这儿，荣秀浑身打了个寒颤，泪水轰地涌上来，又被自己拼命压了回去。

天色一点点暗下来，小村早已无影无踪。在路的尽头，隐约可以感到县城初上的灯火，像一双双贪婪的眼睛，等待猎物的到来。苏老全基本不咳嗽了，话越来越少，车也越骑越快。可荣秀的心却突然收紧，身上变得冰冰凉。“老全叔，我想解手。”荣秀对苏老全喊着。“这就到了，都到跟前儿了。”苏老全支应着她，脚下并无停车的意思。“我要尿裤了，我可尿了啊。”苏老全只得停车，“就到这片苇子后面，快着点儿，跟人家说好天黑前，你可别跟我玩儿花活呀。”

荣秀撒完尿提上裤子，好像觉得没撒干净，还想撒，就再蹲下。可蹲下又啥也撒不出来，就这么折腾好几回，最后还是站了起来。她把腰间的红带子使劲扎，拼命扎，恨不得勒进自己肉里骨头里，再也不解开。扎着扎着，她哇地哭出来，边哭边向苇塘深处跑，深一脚浅一脚，泥土被她的步伐一片片扬起，甩在后面追赶的苏老全身上。“你个小丫头片子，跑，看我不打死你。”荣秀头也不回，满脸泪水地往前跑，越跑水越深，先是脚脖子，膝盖，大腿，最后没到腰。“苏老全，你个狗日的，你再追我就死给你看!”荣秀转身停止哭泣，对苏老全大喊。苏老全愣了，他看看荣秀，又看看荣秀背后的水面，哪唧一下往地上一蹲，扯着脖子哭号起来。“大侄女，不瞒你说，给你开苞的是西庄煤矿的矿主大黑牙，他可是咱这儿说一不二的主儿。你要不去，他一准下我一只胳膊，你爹短人家三千块钱，你琢磨吧，他能饶了你爹你娘不？到时候咋办？这么着，叔再给你五百，就算叔求你行不?”说着苏老全扑通跪在泥水里，磕头不像磕头，作揖不像作揖，浑身也湿透了。

天擦黑的时候，苏老全的自行车终于转进了五光十色的县城。几年前，荣秀跟大哥送干货来过一次，可眼前的一切跟记忆全然不同。那时房子没这么高，灯没这么亮，人也没这么多。她一下还是无法接受，为什么才三十多里就会这么不一样。他们在一片辉煌的玻璃门前停下，荣秀认得那些放光的字是“光天大酒店”。苏老全对里面一位穿红色旗袍的小姐招招手，她笑语盈盈走过来，下台阶时，旗袍开叉处亮出的大腿一闪一闪，让人觉得她好像啥也没穿。苏老全对旗袍说，麻烦你给姑娘找身衣服，刚才车子掉沟里了，瞧这一身泥。接着他示意荣秀跟旗袍走，“别急，我在门口儿等你。”他对荣秀的背影喊了一嗓子。

街头灯火充满暧昧和挑逗。苏老全扔下刚抽完的烟头，伸个懒腰，转身向两条街外的一间发廊走去。老板娘熟悉的面孔又在眼前浮现，一对儿奶子虽比不上荣秀，有点儿耷拉，

但也够劲儿，足以让人心浮气躁虚火上升。他抬头瞥了眼酒店的玻璃门，嘴角流出一丝故作神秘的不屑，好像里面住着啥人都在干啥，他全部了如指掌。哼，这种事儿，怎么不得俩钟头儿。何况大黑牙这头活牲口，等老子舒坦回来也完不了。要说荣秀这小娘子，唉，这干得叫啥事儿。

夜色渐渐幽深，有点儿像刚做完坏事的孩子，安静得一动不动。苏老全本没想在发廊逗留这么久，可老板娘的火热情怀让他欲罢不能。好在就两条街，他穿好衣裳匆匆往回赶，远远看到个姑娘站在酒店门口儿的台阶上四处张望。他觉得这女子很眼熟，可扎在脑后的马尾辫儿，还有一身靓丽打扮，又让苏老全疑惑起来。直到走近了才猛然发现，原来她竟是荣秀。荣秀站在的台阶上，显然也看见了苏老全。她没作声，等着苏老全一步一趋走到她跟前。荣，苏老全想叫荣秀，可话到嘴边不知怎么又停住了。只见荣秀从怀里掏出一叠钞票递过来。

这是一千块，有你的那五百。把它交给我爹。

咋着，你不跟俺回去了？

跟我爹说，我会记着给家寄钱的。

真的不回去了？

苏老全，你敢贪了这钱，我就叫大黑牙一把掐死你小孙子！信不？

说完荣秀一转身，消失在酒店大厅里。苏老全站在原地没动，只觉得有股凉气从裤裆一直往上升，直奔头顶。

纽约有个田翠莲

田翠莲姓王叫师师。不对，应该是王师师姓田名翠莲。听着有点儿乱，反正她俩是一个人，她就是她，她也就是她，住在纽约的第二唐人街法拉盛。

初见田翠莲是因为一次大型义演，我是召集人之一。有个朋友对我说，他认识个东方歌舞团的女声独唱演员，嗓子不错。我说行，叫来试试，好坏一听就知道，如果真好肯定给她机会。没想到话音刚落，这位仁兄冲着房门一声大喊：田翠莲，进来，九兄让你进来呢。我一愣，谁啊我就让进来，连袜子我还没穿呢，你你你让她等等。最后这个等字尚未说利索，一个三十来岁的女人，高挑个儿长方脸，丰乳肥臀地呈现在我面前。

九哥吧？她问。看来男人称兄女人叫哥。

啊。我糊里糊涂地答应。

我唱一段《在那桃花盛开的地方》咋样？

好啊，别介，那是男声独唱。

是，我就爱唱男的歌儿。

说完她举起嗓子就唱，“在那桃花盛开的地方，有我可爱的家乡，”底气十足声音脆亮。家乡的家字有个拖腔，其实你悠着唱就行，跟着调儿往上走，可她却来个点击式，把一个家字分成好几段儿，一听就是唱梆子的出身。您这是，东方歌舞团的？她笑笑脸红起来。最后一落实，果然是唱河北梆子出身。可话说回来，她点击式虽用得不是地方，但梆子唱得确实不错，高得上去低得下来，这是唱梆子的难度所在，这路戏就是靠音调上的大反差渲泄情感。我说你看你，何必搬什么东方歌舞团，纽约这地方唱歌儿的多得是，可唱河北梆子的你恐怕独一份儿，干脆就来老本行，你唱段儿《宝莲灯》，裴艳玲的绝活儿怎样？

就这几句话，差点儿把田翠莲眼泪说下来。她说九哥你真行，还以为纽约洋地方没人稀罕这土了吧唧的玩意儿，你咋知道《宝莲灯》，你咋知道裴大师？这我算遇到知音了！我连忙说你别介，我也是皮毛。小时候家里老爷子爱听河北梆子，带着我到北京天桥儿，天津下瓦房，专窜小戏院子，那时候你那个裴大师也在小戏院子唱。我就知道这么丁点儿，千万别捧我。那行，九哥喜欢我现在就给九哥唱一段儿。她刚要张口被我果断叫停，梆子戏唱起来会听的还行，不会听的特别是隔壁邻居大老美，真以为这边儿闹家庭暴力，非把警察叫来不可。田翠莲这才作罢。

那天演出田翠莲的《宝莲灯》并未大红。其实我也想到了，纽约华人还是南方人居多，他们更喜好杏花春雨的越调，不大适应梆子戏那种沙尘暴般的粗犷风格。田翠莲下台时显得有些落寞，郁郁寡欢站在后台无语。我安慰她说，你这就不错了，好怎样坏又怎样，不当饭吃，别太认真了。她看着我，愣愣地，突然冒出一句，那我可咋活呀？我漫不经心地答道，打工呗，大家不都这么过来的。可我，可我欠那么多钱……说着田翠莲把头埋进怀里，半天没抬起来。

台上有戏，我是舞台监督没法听她唠叨。我忙活时她在一边静等，我告一段落她就接着刚才的往下说，一点儿不乱，就这么断断续续点击式梆子式地，总算把她的故事听个大概齐。闹了半天田翠莲只是个县城的梆子剧团演员，她工武生，老公唱旦，俩人有个七岁的儿子。前些年闹承包，剧团不景气，城里没人听就下乡，有时仅够混个吃喝。那年老公摔断了腿，明明工伤，团里非说自己弄的，一分医疗费不给报，老公连气带病一卧不起。几个月前有个远房亲戚对她说，只要出二十万，把你弄美国去，到美国还愁没钱挣？人家一块是咱的八块，干一年顶八年，干八年顶一辈子，多合算。田翠莲想想是这个理，拼他八年，把儿子上大学和养老的钱都攒出来。她东拼西凑磕头作揖，总算凑足二十万，接着就一猛子扎到纽约。

有本事，能借这么多钱。我感叹一句。

我，我把儿子押给人家了。

什么，儿子也能押？还不上怎么办？

死我也得还上。九哥，你看干按摩来钱不？

那得有执照，不容易。我觉得她说的是医疗那种。

执照？这也得起执照？

打那儿以后，就没了田翠莲的音讯。纽约这地方的华人活得都不易，睁开眼就奔吃奔喝，有工给人上工去，没工给人找工去。海外华人看上去什么都不缺，喝酒吃肉有房有车，但有一点他们没有，永远没有，就是片刻悠闲，真正从骨子里透出的悠闲。他们甚至连休息度假时，潜意识都在思考着生意或工作。无论贫富，命运状态基本差不多，都不敢多事，遇到麻烦同样一筹莫展。人的社会地位不光看财富多寡，也看遇到危机时的命运。交朋友也是这样，来美时间越长朋友越少，平时各忙各的，遇到了打个招呼，遇不到先放一边儿。田翠莲就被我放到一边儿，其实干脆淡忘了。像她这种新移民多了，咱又帮不上人家，想也白想。

那天下班到家，一进门电话正响着等我。紧跑几步拿起来，竟是田翠莲。她说九哥我能过来吗？我琢磨着，你个孤身女人又丰乳肥臀，我当然是欢迎了，可老婆马上就回来，她是否欢迎还真吃不准。特别是老婆大人最近不知来哪门子神，在单位跟一帮小丫头练女子防身术。那天比画着给我看，让我做她的道具，说你来摸我。我说怎么摸呀？就像调戏妇女那种，你没调戏过妇女呀？废话，我怎么会调戏过妇女？假装地假装地，快点儿。我刚出手，尚未到达指定部位，只觉一阵飞沙走石，稀里糊涂被她压在地上。想到此，算了吧，你田翠莲还是别来了。俺们纽约华人玩儿不起浪漫，房子一栋栋买孩子一个个生，闹起离婚可就亏大发了。

田翠莲觉出我的踌躇，改口说算了吧，她就想最后再唱一次河北梆子，希望旁边有个懂行的。我说干嘛最后唱，哪天找个地方九哥专门听你唱。她说晚了，这次唱完就不唱了，不仅不唱，恨不得连名字都想改，过去那个田翠莲不存在了。我听着怎么像赴刑场的架势，杀了我一个，自有后来人。就问，你不叫田翠莲叫什么，宋朝汴梁城里有个快嘴李翠莲，刀子嘴豆腐心，是千古传唱的烈女子，这名字不挺好的。她沉默片刻说，九哥，我就在电话里给你唱一段儿吧，你听着。

多蒙大人恩量海
终身孝子古之常
梁千岁设围场
大胆贼人起不良
……
辞别大人把马上
但愿此去早还乡

我说这好像是裴艳玲的《连环套》，我们老爷子活的时候一喝高就是这段儿。田翠莲咯咯笑出声，说她这个电话没白打，河北梆子没白唱，还说遇到九哥是运气，告别九哥是良心……我连忙打断她，打住打住，你今天话怎么这

么多，哪儿还都不挨哪儿，神神叨叨的，没出什么事儿吧？她说好着呢，九哥别担心，她要大干快上，提前完成四个现代化的宏伟目标，从此不做田翠莲了。那你做谁？我问。话筒那边静了一下，接着嘟地一声，挂了。嘿，你个小娘子，来如风去如影唱的是哪一出？早干什么去了你，热乎劲儿快过了又想起我，还来段儿河北梆子搞得缠缠绵绵，好戏都让你耽误了。我心里突然感到空空的，不知是担忧还是遗憾。

田翠莲就此结束了，你想啊，连名字都改了，又不乐意告诉咱，肯定是不来往了。可生活有时很怪，会绕着弯儿跟你兜圈子。我有个老同学的儿子来纽约读书。他爸托我帮他租房子，越洋电话里特意嘱咐，得干净啊，别太贵了。废话，不要钱最好，谁让你住啊。我最烦这种事，找好了是应该的，老同学嘛，找不好就落埋怨。都什么年头了，天下都快大乱了，哪儿去找又娶媳妇又过年的好事。

说来也巧，那天来个朋友。聊起租房之事，他说刚看个房，就在法拉盛，离地铁两分钟又便宜又安静，只是较小不适合他们俩口子，问我要不要？我说要，马上带我去。我俩风风火火找到地方上前敲门，“王小姐，王小姐”，这位朋友一个劲儿叫，边叫边对我解释，房东姓王，叫王师师，人挺和气。说话间门打开，一个女人，高挑个儿长方脸，丰乳肥臀地呈现在我面前。我一惊，田，这个田字未出口，我朋友先行一步对她说，王小姐，我哥们儿要租您的房，人家押金都带来了。王小姐看着我，你要租啊？我一听声调更确定她是田翠莲，唱戏人说话都带着舞台腔，吐字清晰像洗过一样。是，我马上点头说是给我侄子租，他来纽约读书。王小姐面无表情，毫无认识我的意思，晚了，租出去了！不是，我朋友一听急了，五分钟前我刚来过怎么就？五分钟，王小姐用鼻音擤了一下，一分钟都能租出去，五分钟老娘我五间房都租好了。说着她转身昂首，砰地一声撞上大门。

你，你你，我朋友都傻了，他一急就结巴，你他妈有什么了不起啊！好容易才把话说全。听他的意思，王小姐刚才还好好的，很温和，怎么才五分钟就老娘老娘的，听着像开妓院的母夜叉。你看，这位朋友忿忿不平地说，她叫王师师，宋朝汴梁有个妓女叫李师师，同名嘛。我听罢一笑，又是宋朝又是汴梁，怎么风花雪月都离不开宋朝。上次李翠莲这次李师师，还是本家，但愿李师师也是李翠莲变的。我连忙劝我朋友，算了算了，李师师也不全是妓女，人家侍候皇上十七载，皇上说她“幽姿逸韵在色容之外耳”，实际上是情人。不租就不租，没准儿这房子也是给皇上预备的。你消消气，对面“东王朝”的烧腊一级棒，咱俩弄一杯？

话虽如此，我心里着实很受伤害。本来说租突然变卦，明明田翠莲非说王师师，莫非是专冲我九哥来的？好你个田翠莲，九哥可没亏待过你，没大恩也有小惠吧。当初不是我一句话，你能在美利坚合众国的地面上喊河北梆子？还认我做知己，若不是老婆会几手防身术，弄不好咱俩早上床了，怎么变成王师师就翻脸不认人，心变得也太快了吧？王师师，没错，这名儿起得要多暧昧有多暧昧。秀兰

儿大凤，翠花儿也行，什么不比师师强，有点儿水平懂点儿历史的能起这名儿吗？等等儿，好像不对，这娘们儿不是欠了一屁股债，怎么摇身一变当起房东？傍大款了，嫁给姓王的了？你嫁人跟我甩什么脸子，我又没拦你。

算了，好男不跟女斗，出国的人本来就瞬息万变，我见得多了。当年朦胧诗创始人之一山川，来美探他老婆。他老婆在机场递给他五百美金，说，对不起山川同志，你好生照顾自己。说完转身挽着个男人就走。才分别一年，用山川自己的话说，亏的飞机上光睡觉没吃没喝，要不真就尿一裤。还有一小子，跟我在纽约同所大学读研究生，本来见面打招呼，后来他找了个美国女友就不和中国同学来往了。不来往就不来往，可有一次在电梯里遇到他，我习惯地用中文问，电梯是上是下？他装着不认识我，摆摆手用中国腔英语说："我不会讲中文。"你知道当时我想干什么？抽他大嘴巴，碰上谁都想这么干。到美国的人全想洗心革面重活一把，总听人家说如果能重活一次还会怎样怎样，千万别信，都重活这世界非乱套不可。不能实现的梦是美好，能够实现的梦就是疯狂了，什么都可抛弃，也什么都敢索求。

这天晚饭后我又如常看电视报道。我喜欢看纽约一台，讲本地的事儿多于世界的事儿。世界的事儿联合国秘书长安南都管不了，你不让打伊拉克人家非打，你说伊朗不该有原子弹人家偏造。全世界都在干安南不让干的事儿，也就是安南，换了杜十娘早投河了，换了崇祯皇帝早上吊了，活什么劲啊。这时，一则消息跃入眼帘：警察今天捣毁了一家位于法拉盛的地下妓院，并逮捕了老板王师师。谁，谁？这名字怎么这么耳熟，快赶上安南了。由于是英语，老美念王师师几个字不分四声，让我不好判断，可当屏幕上出现王师师被抓的画面时，我一下认出她就是田翠莲，背后的建筑正是当年我要租屋的那栋房子，她高挑个儿长方脸，丰乳肥臀地呈现在我面前。我一把捂住嘴不让自己叫出声，脉搏疯狂地跳动。你，你……我一下想起当时租屋的情景和田翠莲说老娘老娘的神态，难道她是怕？望着屏幕上田翠莲平静的面孔，我恨不能跳进去拉起她就跑。我要是李小龙多好，神探邦德也行，只要能帮她躲过这一劫，我实在无法接受田翠莲被押进警车的镜头。

时光荏苒，像雨像雾又像风。

若干年后的一天，我跟朋友去法拉盛吃饭，我们轮流做庄这次是我。早听说“雁鸣春”的西湖醋鱼不错，大家慕名而来。落座后有个朋友去洗手间，回来时面带讪笑地说，你猜怎么着，我听见隔壁有人哼哼河北梆子，纽约这地方咋什么鸟都有？大家权当一笑继续吃喝。突然，旁边桌上传来高声调侃，回头看才发现是一群颇为艳丽的女性。有人悄声说，九兄，知道她们是干啥的？不会是，我犹疑着。没错，全是“鸡”，中间年长者就是法拉盛著名的老鸨王师师，此人背景很深，几进几出不在话下。我一震，连忙回头再看，只见那个女人也正盯着我。田，我终于认出她正是阔别已久的田翠莲。她变了，长脸变宽了，原来的丰乳渐与全身赘肉混成一片，脸上涂着厚厚的脂粉，眉毛描得又弯又细。我呆呆望着她，直到她扭过头去。

这还有什么心情吃饭。我不时用余光瞥向田翠莲，可她再没注视我。快吃完时，我把信用卡递给侍者结账，他却说只收现金不收信用卡。妈的，有这种事，让我到哪儿找这么多现金，附近又没银行！侍者只顾一遍遍道歉说不好意思，坚持把信用卡还给我。真现眼，好容易轮到我九兄请客却掏不出钱，人家怎么想你？我脸一阵红一阵白，不知如何是好。这时前台经理走来，他一身黑衫笑容可掬地对我说，您这桌的钱已经付了，连小费都付了。什么，谁付的？朋友们诧异地叫起来。黑衫经理神秘一笑，付就付了，管他谁付的，我总不能收两份儿吧。

透过大玻璃窗，我发现田翠莲一行刚出大门正欲远去，紧追几步赶了出来。田翠莲，翠莲儿！情急之下我怎么连“翠莲儿”都喊出来，殊不知带不带这个儿化音意思是完全不同的。有个年轻女子问田翠莲，“干妈，这小子喊谁呢？”田翠莲回过头看也不看我，对身边女子们一声吆喝，来生意了姑娘们，还不快给朕拿下！话音未落，几个女孩儿转身走向我，先生啊，咱们好像在哪儿见过吧，你不认识我了？我吓得抱头鼠窜，只听背后轻浪的笑声一阵接一阵。渐渐地，那笑声变成歌声，是女声小合唱，唱什么听不清，因为她们的口音有南有北，好像是：

多蒙大人恩量海
终身孝子古之常
梁千岁设围场
大胆贼人起不良

……

辞别大人把马上

但愿此去早还乡

这不是河北梆子吗！妈的，田翠莲怎么把这当成她们的队歌儿了。

纽约春迟

一

我在楼上，老鲍在楼下。可以听到咚咚的撞击声，还有老鲍粗粗的喘息。几次欲下楼，想到他的交代又止步。老鲍是管儿工，专修水管。

那天家里发水，济南趵突泉咣地搬到我家。太太惊呼：九哥呀，地下室发水啦，快来呀！太太打搞对象就叫我九哥，一直没改。我建议她改称九爷，被断然否决，她说还不想当九奶奶呢。听她一叫我也慌神儿，说发水这事九哥也没办法，要不咱因势利导撒把鱼苗如何？太太怒斥：就知道臭贫，还不赶紧看报纸找广告叫师傅来通呀。我连忙翻出《侨报》，胡乱挑个广告扎进去，正是老鲍。

电话里的老鲍京腔京韵，令我不解。你怎么说北京话？我北京人干嘛不说北京话。你为什么是北京人，纽约干这行的华人不净是广东福建人吗？老鲍一听有些不乐意，说您有事没事，没事我挂了。这我才想起自己的使命，别，别别，我只是喜出望外，我也是北京人，就住东四九条。

哪儿？

东四九条，原来的纳兰府。

门口有棵老槐树？

哎哟喂，您哪儿住家呀？

钱粮胡同，你斜对过儿。

约二十分钟，老鲍到。他个子不高，比声音苍老，稀疏的花白头发枯草般散落双鬓。没听我细说，他已提着一堆工具朝地下室走去。我紧随其后，想为他搭把手，被拦于楼上，您别下来，跟这儿等着，我一会儿就得。令我不解的是，干这种粗活老鲍怎么还戴一付乳胶手套，好像他不是来通水管，而是发掘东汉古墓。

等来等去，时间开始放慢，像迷途的司机犹豫不定。我趁机溜进厨房，想对太太突然袭击来个“掐点儿”。不好意思，掐点儿就是从背后拦腰抱住，掐住她的“点儿”，我相信每对儿夫妇都有自己的一套，谁也甭装。没想到太太的情绪此刻不在服务区，一晃肩膀甩开我，闹什么，快去看看人家通得怎样了？他说不让我下去的。噢，他不让去就不去，挺听话的嘛，你要这么听我话就好了。正调笑，只见老鲍用螺丝刀挂着一串长长的物件走来。瞅瞅，就这东西把下水道堵住了，费好大劲才掏出来。还没等我看清

是什么，太太冲过去，边冲边数落，肯定是我先生扔的什么乱七八糟，说过他多少次，他……声音突然停顿。我定睛一看，原来是条女人的长丝袜。我窃喜，九奶奶呀九奶奶，这回可让我逮个正着。咳咳。我先咳嗽两声清清嗓子，刚要开口，太太红着脸说，这才不是我的。不是你的是谁的？是你九哥的！什么，再说一遍？老鲍，你给评评，有男人穿这玩艺儿的吗？

老鲍张开脸笑，他的脸舒展时，能听到皱纹打开的嘎嘎声。他的微笑很像叹息，刹地一下，刚到喉咙就缩了回去。他说，跟自己媳妇儿叫什么劲呐，人都是你的东西能不是你的，拿她当孩子不完了吗？这话让我浑身松软，充满陷溺感。我们坐下来，老鲍啊，真巧，咱竟是街坊。钱粮胡同我那时天天走，里面有条小巷正对隆福寺后门，可以抄近道儿。我俩徐徐开聊，东四六条胡同口的上海裁缝，手艺虽好价钱太贵。七条合作社的胖大妈，孩子们下学都找她，大人上班，胖大妈卖酱油兼义务幼儿园。还有十条胡同口的委托行，那时想买洋货就得奔委托行。您还记得那家委托行？我们家当年就靠它过日子。老鲍说这话时屁股离开了沙发。

一聊才知，老鲍祖籍并非北京，而是台湾台中市。他父亲早年为抗日瞒着爹娘跑到北京，当时叫北平，阴错阳差进了协和医学院。毕业后娶妻生子，在北京东四北大街与钱粮胡同交口处开设“平安医院”。解放前后，老鲍父母带着他大姐回台奔丧归途受阻，老鲍和二姐就自己在钱粮胡同长大，生计全凭变卖家产，所以他说“靠委托行过日子”。那时老鲍不过四五岁，二姐也就十来岁。这么小的孩子自己谋生，我心里不由一阵空旷。“平安医院”我全无印象，只记得路边有座三层小楼，老鲍说那就是他父亲的医院。后来我曾打电话给北京的老母亲，“您可记得平安医院？”记得。纳兰家最后的格格纳兰大姑服毒自尽，就在平安医院抢救。母亲对纳兰大姑的印象似乎更深。

不知不觉街灯初上。我对老鲍说，光顾聊了，连茶也没给您沏，干脆您跟这儿吃，咱炸酱面，摊个鸡蛋再切盘儿蒜肠，我有二锅头，一块儿喝点儿。太太也劝他，是啊，五分钟就得。老鲍脸泛红润，似被说动。我刚示意太太准备，老鲍突然变戏，说我得赶紧回去。接着摇摇手，稀里哗啦开车走了。你看？我迷惑不解。太太说，原以为就你不正常，看来胡同出来的都一样。

二

我家曾有个常联系的管儿工老蒋，好饮酒，每饮必醉，几次找他都因酒醉无法开车而作罢。这下好了，遇上老鲍，还是咱北京街坊，对我来说其意义远大于修水管本身，颇有他乡遇故淌来之妙的惊喜。每谈及往事，怀旧是漂泊者的通病，总不免提及老鲍。太太开始还好奇，对胡同故事颇感兴趣。虽说她也是北京人，但在校园里长大，没住过胡同。胡同是北京文化的根，没住过胡同能算北京人？纽约华人移民能算纽约人吗？恐怕够呛。纽约人喜欢吃纽约热狗，像北京人爱喝豆汁儿一样，你问问，这里华人有几

个好吃那玩意儿的，酸不溜秋。

但什么事说多了定招人烦。那天提到老鲍又讲起胡同的事，说的是纳兰府后院儿有只野猫，那野猫……刚说到这儿，太太忍无可忍：打住，怎么连野猫都出来了，我看你就像野猫，整个一胡同串子！嘿，胡同串子怎么了，胡同串子做人懂规矩有原则。赶上薄情寡义的，为了钱能把你卖了信不信？哟，你还不够薄情寡义呀，什么时候你像念叨老鲍这么念叨过我呀，干脆娶他做二房算了。有你这么说话的吗，怎么连老爷们儿的醋都吃，你要真给个名额咱得好好挑一个，别再给名额糟践了。好哇你陈九，臭流氓，老娘我还不侍候了，今天不开伙！

就在"不开伙"当天傍晚，洗手间马桶坏了，抽水后依旧哗哗猛流，让人倒吸一口凉气。我俩都傻了，大眼儿瞪小眼儿。我说别耽搁，有什么要洗的赶紧拿来洗，特别是长丝袜，这可是活水，当年西施浣纱也就这意思。气得太太大叫："还不给老鲍打电话，让他赶紧来呀。"来，来干嘛？我故意逗她，

来来来上学
学学学文化
画画画图画
图图图书馆
管管管不着
着着着大火
火火火车头

头头大奔儿头

是来当二房还是修水管呀，您得明示？边说我边给老鲍拨电话，老鲍呀，不行了不行了，马桶成尼加拉大瀑布了。老鲍在电话里让我别急，先把马桶底下的阀门儿拧死，他一会儿就到。我赶紧猫腰关上阀门儿，屋子咣啷静下来。

这次老鲍干完活儿本没想留他。刚跟太太拌嘴，死活兴奋不起来，没有聊天儿的欲望。聊天儿是一种欲望，跟食色相同，只有饥渴才能尽兴。但老鲍看去并无马上就走之意，他仔细向我讲述马桶原理，水为什么流不停，下次再发生先怎样后怎样，听得我一头雾水。我突然想起他上次匆匆离去，说你那天怎么话没说完就撤了？老鲍面带歉疚，表情婉约得像女人。嗨，那天我突然想撒尿。那你撒呀。我不愿用别人家厕所，怕人家嫌。这你就见外了不是，我欢迎你用，欢迎欢迎，热烈欢迎。老鲍咯咯笑出声，这笑声让我无法催他走。我正要给他沏茶，他连忙阻止我，别沏了，给我瓶矿泉水就行。

我们坐下，窗外寂静，远处灯火轻轻吟唱。我心里深为此时不能留老鲍吃饭惭愧。咱什么都行，就不会做饭。太太正看准了这点，一吵架就以此要挟并屡屡得手。老鲍未觉出我的尴尬，神情松快，笑容似乎也浸着水色。他说，年轻时他也想上大学，可家里没钱，就上了护士学校。毕业时因父母在台湾成分不好，被分到远在新疆善鄯的县医院工作。善鄯，传说的古楼兰？没错，可不就那儿。在那里他结了婚有了两个女儿。父母去世后，移民美国的大姐

牵挂一对弟妹，十多年前给他们办了移民，从此定居纽约。谈话间，老鲍仍戴着乳胶手套，像考古学家，这与楼兰古国倒满贴切。他几次提到两个女儿，老大婚后随先生移居法国，老小读大学跟他一起住。我不禁问："太太呢?"老鲍犹疑了一下，离了。离了？她妈这人心眼儿倒不坏，就是二百五。"文革"时红卫兵非说我里通外国，她妈也跟着起哄，晚上连觉都不让睡，逼我说清如何向台湾提供情报。我一气之下离了婚。现在她一个人还在新疆，我带孩子在纽约，我英语不行，就靠给人家修水管为生。

我们的谈话渐渐熟络，像两根木头架着烧，把屋子烤得暖起来。我实在难忍心中郁闷，说对不起老鲍，不是不留您吃饭，刚跟媳妇吵架，她正罢工呢。我媳妇也有点儿二百五，说不起伙就不起伙，她可以不吃减肥，我怎么办，哪天急了也休了她！老鲍摇摇头，颇显沉厚，兄弟，别跟自己媳妇怄气，这地方过日子，媳妇就是半壁江山，美国几亿人咱认识谁谁认识咱呀？我频频点头称是，下次，下次您来咱好好喝一回。按说现在正是香椿下来，老鲍，还记得咱北京胡同的香椿芽炒鸡蛋卷春饼，外加绿豆粥，什么劲头？是啊，老鲍接过话头，纽约的椿树很多，全是臭的，从来没遇到一棵香椿，难怪人家说一方水土一方人。

三

老鲍走后很久未见。我家水系统进入相对稳定的历史时期，西施浣纱或撒鱼苗景色再未浮现。用洗手间时我甚至会陷入遐想，马桶哗哗流不停，太太呼曰：关关雎鸠，在河之舟。我对：窈窕淑女，君子好逑。又曰：蒹葭苍苍，白露为霜。再对：所谓伊人，在水一方。正胡乱思想，厨房往往传出太太的怒吼，你掉进马桶里还是怎么着，专捡吃饭时蹲厕所。我赶紧提上裤子冲进厨房，刚要端碗，被其一把夺下，洗手了吗？说你是胡同串子还不服，土得掉渣儿！我牢记老鲍教导，不跟她怄气。你算什么半壁江山，火山，说喷发就喷发，搞得咱家像庞贝古城，我都快成石膏像了，我要成石膏像看谁来掐你？去你的！太太看去若有所思，九哥，你倒提醒我，老鲍不也需要半壁江山吗？对呀！你要认识个什么老太太，赶紧给介绍介绍。慢。太太一个慢字透出运筹帷幄的威严。她说，六十多岁人，与其娶老太太不如夫妻复婚，跟谁凑合不如跟孩儿她娘凑合，完璧归赵嘛。哎哟，我大吃一惊，你太神奇了，简直是神仙奶奶，就按你说的办，你不是跟老鲍的小女儿真真通过电话吗？这么着，你们单线联系尽快促成，这可是积德行善的好事。

纽约春迟。过去听人常说，清明前后种瓜点豆。在纽约，清明前后既无法种瓜更不能点豆，天气很冷，下雪都说不定。那是个周六早上，我蜷在被窝儿里像只蚕蛹不肯出茧。这是最美妙时刻，半醒半睡无忧无虑，被窝儿就是我的天堂。这时楼下门铃乍起，谁呢，也不先打个电话？我滴里嘟当下楼开门。哟，没想到竟是老鲍。他双颊赤红额头浸汗，双手捧个大盒子。您这是？我疑惑。“香椿！”他的音调像绷紧的琴弦，咚咚作响。香椿？我仍没闹懂怎

么回事，当初说过香椿的事早忘了。“这是我二姐刚打北京带来的，钱粮胡同院儿里的香椿苗。”什么！我如梦方醒，注意到他胸前纸盒里有两棵树枝，底部带泥土，外边包着塑料袋。这是钱粮胡同的香椿？没错。这，太不可思议了！我四处张望下意识寻找纳兰府的位置，真是梦里不知身是客。快说说，你怎么搞到这东西的？

我赶紧把老鲍让进屋，为他沏了上好的涌溪火青。他却说不喝茶，来瓶矿泉水吧。我马上想起上次他来时也要矿泉水，还戴着乳胶手套。眼前的老鲍居然还戴着同样的手套。我纳闷儿，今天又不干活，戴手套干什么？本想问，话赶话就岔了过去。老鲍说，自打上次我提到香椿芽炒鸡蛋，他就动了心，非弄几棵钱粮胡同院儿里的香椿苗来不可。正赶上他二姐回国探亲，他们制定了几种将香椿苗带入的方案，一共六棵，四棵被海关查获，仅这两棵成功登陆。我激动万分，说咱俩一人一棵，别都给我。哎，这不行，活得成活不成还不知道哪，您先种着，等长成再给我不迟。瞅瞅，这怎么话儿说，您费这么大劲都给了我，实在是……老鲍把手哗地一扬，兄弟，咱不说这个，赶紧种起来，别耽搁了。

哇，看来思乡不光是白发三千丈，汴水流泗水流，它分明是看得见摸得着的能量，愣把胡同的香椿苗魔幻般移到纽约庭院之中。望着刚种好的香椿，我有种错觉，后院的门紧挨着当年的七条合作社，我扒着篱笆往外看，啥也没看到，但依稀听见胖大妈边卖酱油边对我们的吆喝声。头一回收成香椿芽那天，太太说给老鲍打电话，让他来尝尝香椿芽炒鸡蛋，外加春饼绿豆粥。“不知我做的对不对味儿?”她听着有些犯嘀咕。可电话打过去没人接，座机手机都没人接。不对呀，老鲍指着电话做生意，不会不接呀。要么给他女儿真真打个电话，对了，她爹妈复婚的事怎样了？太太叹口气说，真真没吭声，根本不接茬儿。

太太边说边拨打真真手机，通了，还是没人接，响到最后总是留言。我们留了几次言，心存疑惑地吃完饭，连香椿芽炒鸡蛋的味道也没大品出来。那天都很晚了，已经躺下，突然电话大作，像爆炸一样，震得我恨不能把全世界的电话都砸个精光。太太抄起电话脸色沉下来，九哥，真真找你。我预感不祥，心怀忐忑接过电话。真真只是不停哭泣。我耐心劝她，你看，你找九叔一定有事，你先哭着，九叔等你。“我爸他……”，你爸他怎么了？

让警察抓了。

什么时候的事儿啊？我惊讶得非同小可。

昨天晚上。

到底为什么呀？

他，他，我说不出口哇……

接着又是一顿哭泣。经反复追问才知，老鲍昨晚因嫖妓被警察扣了。据说他经常光顾法拉盛的“蓝月亮”发廊，就在朗西街与大庙街交口处二楼，凡开在二楼的发廊都不简单，内容可能丰富得不同寻常。该店老板是个叫王师师的女人，法拉盛街面上无人不晓，警察局出进平常，是个

狠角色。老鲍曾为王师师修水管，她拒不付钱，说用嫖抵，唤出姑娘团团围住老鲍，这谁顶得住，抵来抵去抵成习惯，还对一个叫凤兰的半老徐娘情有独钟。真真不提爹妈复婚之事就因这个凤兰，据说老鲍几次劝凤兰从良，不知为何一直没谈成。这次被抓就在凤兰的房间，碰巧警察抽查，把老鲍从床上拽下来。真真打电话找我，因为警察让她为老鲍付两千块保释金她付不出，向我求助。我连忙说，你别急真真，我这就去把你爸保出来。

放下电话赶紧穿衣服。太太已被这消息彻底惊傻，不停地嘟囔，怎么干这种事，他怎么干这种事，真的吗？我说你打住，人家还在监狱等着呐，快拿钱吧，我得马上走，对了，明天得给汉森律师打个电话，请他代理老鲍的案子。

其实我对此事也深感意外，看着挺规矩，怎么说嫖妓就嫖妓了。不过这些年华人社区的色情业也忒猖獗。报上到处广告，“学生妹”，“俏佳人”，一看就不正经。新移民的大量涌入，使法拉盛已成纽约第二中国城。这里的很多华人不懂英文，生存渠道非常狭小。加上美国政府紧缩移民法，堵新移民活路，有些女性找不着工作养活不了自己，一念之差就能堕入风尘。老鲍老实又怎样，这跟老实不老实没什么关系，食色性也，他身边又没老婆，如何抵抗肉欲诱惑。将心比心，换了咱能比他强？他中意风尘女子倒说明他有情有意，并非胡天胡地的淫乱之辈。不过保出来后得好好劝劝他，别再跟什么凤兰厮混了，早点把老婆接来，离了婚两边都单身就还算是老婆，守着老婆过日子，这把岁数原汁原味儿的比什么不强。

四

纽约的警察体制跟中国差不多，分片儿管理，北京叫片儿警。法拉盛的片儿警是109派出所，位于友联街大停车场对面。我停好车，带着真真往派出所走。这地方咱从没来过，更别说保释什么人，头一回，心里七上八下。晚春的凌晨依然寒峭，除偶然有车子驶过，街上几乎没人。我听见清晰的脚步声，我的慢，因步子较大，真真的快，插在我步伐之间，恍若二声部合唱。

派出所大门灯火通明，震得寒夜轰轰作响。快到门口时，我发现不远的阴影处站着个人，中国女人。她夸张地穿件巨大的深色羽绒服，戴围巾，一直盯着我们不放。原以为她跟我们一样，也是来此保释谁的，这年头进监狱太容易了，尤其男性，酒后驾车，打老婆打孩子，都可能进去。刚要上台阶，这女人突然叫住我。您是，陈先生吧？我一惊，接着马上意识到她的身份，莫非是凤兰？我连忙转身问真真，你见过她吗？真真摇摇头，没有。说着真真像头发怒的狮子，哭叫着向凤兰扑去，你这不要脸的骚货，还敢到这儿来，关进去的该是你，不是我爸。真真一把扯掉凤兰的围巾，攥住她一头乱发。我还没来得及阻止，只听凤兰在哀嚎，真真，真真，你听我说，你骂我啥都行，千万别碰我，求求你了。

凤兰的惨叫令我震颤，心房咚地收紧喘不过气。这声音不像只为自保，更充满百分百的急迫和真诚。我叫真真

立刻放手，真真放开，派出所门口闹事你不要命了，你爸还没出来你再进去，怎么这么不懂事！就在真真放手的瞬间，凤兰失去平衡踉跄倒地。我想上前扶她，被其喝阻，陈先生，我自己行。这时我看清了她的面孔，一张五十岁左右女人的脸，素面朝天色泽青黄，眉宇间仍带着似有若无的往日风采。看得出，不是刁钻之辈。

你是凤兰？

我是。她点点头。

你到这儿来干嘛？

给您送钱。

说着她掏出一卷儿现金，有百元的，也有二十元十元甚至五元的，厚厚一捆儿用猴皮筋儿勒着。她说她知道我，在此等我一整天了。还说这事都赖她，可她没合法身份不能作保，否则怎敢惊动我，咋好意思再让我垫钱呢。我忙解释，我是真真叫来的，朋友落难责无旁贷，何况老鲍还是我老街坊。快把钱收起来，回去吧。您不会，嫌这钱脏吧？凤兰深深埋下头。我望着她蓬乱的头发，发根处隐约闪烁着灰白，顿时语塞。我长叹了口气，回去吧凤兰，听我一句，回去吧。

保释手续比想象得简单很多，像手机开户，填表交钱，再听到一串铁门开启的隆隆回音，老鲍就站在了眼前。几月未见，他一下憔悴许多，眼眍了腮陷了，两鬓一片苍白。关键是他的眼神儿，散了。这让我不由倒吸一口凉气。

以前我在俄亥俄大学的同学马文龙就这样，你能觉出他模样与以往不同，到底怎么不同又说不清。一天晚上我俩在图书馆看书，无意一瞥，发现灯光下，就像此刻看到老鲍的情景，马文龙的目光失焦。咱们正常人们的目光像手电筒，两道光柱聚成一点，可他的却不相交。我问他，想什么呢。他说没想什么。没想什么干嘛不看书？我在看哪。说这话时他的语气非常认真，绝不像打马虎眼，弄得我倒不好意思。几月后，马文龙突然心脏停跳死在睡梦里。听到消息我唰地一身冷汗，连裤叉儿都湿了。小时候在胡同里听老人们说过，人死挂相。我要是真懂这话，让马文龙早点上医院检查不就挽回一命吗？这段经历让我刻骨铭心。

老鲍望着我木然一笑，说陈先生给您添麻烦了，您说，我这张老脸往哪儿搁啊。一股老泪奔涌而下，让我悲恸异常。真真走上前，爸，说着把头靠向老鲍的肩膀。老鲍的泪水流得更猛，像我家漏水的水管。他欲抚摸女儿的长发，手举到半道儿突然停下说，真真，你都是大姑娘了，快别这样，啊。

走出派出所，我把老鲍拉到一侧。鲍兄，你给我交个底儿，警察抓你时屋里有别人吗？没有。凤兰呢？凤兰下楼买奶茶去了，您的意思是？我准备给你介绍个律师，他叫汉森，是老美，到时你实话实说，我帮你翻译，放心，应该没什么了不起的，只要当时屋里没人就没什么事儿。我故意说“没什么事儿”，是为让老鲍放松些，这要九奶奶在场非给我脸子看。我们徐徐走向停车场，路边草木早已

春发，嫩绿的叶子被路灯照得油润闪亮。我掠过一簇树叶对老鲍说，鲍兄你看，多像枣树！还记得咱胡同里的枣树吗？我们纳兰府北院儿那棵枣树，专拣下霜的时候结枣，号称冬枣，又脆又甜，美国这鬼地方不光没香椿，还没枣树，怎么咱中国有的它都没有。老鲍怔了一下，似在思索，对啊，您这么一说我想起来了，你们纳兰府那棵枣树的枣我还真尝过，绝不是一般地甜。

边走边聊。老鲍的步伐总比我的慢两拍，腿仿佛被绳子缠住，迈不开。就在我回头看他的时候，发现不远处一个影子跟着我们，凤兰，我看出那个影子正是凤兰。老鲍发现我看到了凤兰，索性也转过身，与凤兰隔空相望。我一把攥住真真的手继续往前走，老鲍，我和真真前边等你，你别急。天已渐亮，晨光似水洗涤着街道和楼宇树木，老鲍和凤兰的身影既没接近也没拉远，停在那里。

我把老鲍真真送到家门口儿，真真去开门。我拉住老鲍说，鲍兄，官司的事你别担心，估计问题不大。不过最好还是别跟凤兰再纠缠，看在孩子分儿上，真真也这意思，把嫂子接来好好过日子吧。老鲍的泪水再次风起云涌，他边点头边喃喃自语，晚了，太晚了。这晚什么，一年半载人就能到。老鲍泪眼朦胧地说，好，陈先生，就听您的。

五

美国移民法对直系血亲移民给予优先。真真是美国公民，以她名义为母亲申请绿卡，少则八九个月多则一年就能批下来。最大的问题是财产担保。真真大学刚毕业才找到工作，老鲍修水管挣不了几个钱，他们既无房产又没股票，外加凤兰这个因素，拿什么担保？好在移民法并不限定担保人须是申请人，任何第三方都可做保，这正是我能帮上老鲍之处。不过家里财产毕竟有太太一半，为这事没少跟她磨嘴皮子。她不是小气或看不起老鲍，关键是嫖妓这事，她怕我顺藤摸瓜也动这份心思。我说九哥怎么保证才行，要不咱把那玩意儿割了，你演老佛爷我扮李莲英，我这模样还真有几分神似。呸呸呸，她又呸呸呸。割了不行不割也不行，你倒给条活路。依我看老鲍和凤兰绝非单纯的嫖妓关系，咱总不能让他把妓女娶进门儿吧。到底九奶奶还是通情达理，她只提一项条件，办完这事让老鲍两口子好好过日子，咱别总打搅人家。没问题，就听奶奶的。杀人杀死救人救活，等老鲍太太一到，咱就功德圆满，以后再不管那么多事。

经过一夏天疯长，老鲍送来的香椿苗已树高逾人。香椿芽炒鸡蛋，香椿芽拌豆腐成了我家“保留节目”。有几个北京同乡专点这两道菜，九兄，明儿上你家吃香椿炒鸡蛋啊，接接地气。听见没有，除了吃还得接地气。他们说的地气就指这棵香椿。纽约的香椿肯定不只这一棵，但打北京胡同里移来的香椿，我家恐怕是独一份。结果闹得这两棵香椿名气很大，在法拉盛华人社区，一提钱粮胡同的香椿，对对，听说过，好像在什么人家后院儿种着呢，味道非常不同。

我和太太一直期待老鲍能尝尝我们做的香椿芽炒鸡蛋，

不仅因为树苗是他好容易弄来的，毕竟这是人家老宅的物件儿，其中寄托的情愫肯定他更胜于我们。太久的漂泊似乎令人麻木，其实不然。新移民把故乡挂在嘴上，老移民把故乡藏在梦里。老鲍的心思，只有多年背井离乡的人才明了。可打了好几次电话，他都推说没时间。直到一天我家厨房的龙头坏了，滴滴答答漏水，老鲍才出现。

老鲍瘦多了，原来的方脸变长了，双目深陷，颇有几分古楼兰人的味道。他仍带着乳胶手套，不过这次他没让我走开，而是主动请我帮他装卸螺丝，凡用力的活儿都由我来。我发现他的手在抖，无法将橡胶垫儿塞进槽里。我开始怀疑，如果此刻不是我，而是别人家的龙头坏了，他会接这活儿吗？太太抓紧时间做了盘香椿芽炒鸡蛋，举到他面前。他闻了闻，像老马识途那样闻了闻，没动。你快吃呀。我递上筷子。老鲍犹疑了一下，接着把手里一次性纸杯中的水倒光，陈先生，您往这里给我拨点儿。我拨了小半杯，他扬头一下倒进嘴里。嗯，是这味儿，真就是这味儿。他边嚼边对我们微笑。我和太太叹了口气，一点儿也笑不出来。

新年后的一天真真来电话，说她母亲的绿卡批下来了，现已转到美国驻广州领事馆，面谈就定在下个月。我知道面谈是最后程序，只是走过场，不会有什么问题。太好了，你爸他高兴吗？他，他高兴。真真欲言又止。到底怎么了？真真这才告诉我，她已从家里搬出来，与几个同学在曼哈顿合租了一套公寓，因为她在华尔街上班，早六点就得进办公室，晚上十点才下班，实在没办法。那你爸呢？他，他和凤兰在一起。什么，凤兰搬你家去了？对。这怎么行！请神容易送神难，你妈妈说话就到，到时候赶都赶不走怎么办，老鲍怎么糊涂了？说完这话我突然觉得不大对，按说真真的心情应比我更急，怎么她听上去稳稳当当，并无抱怨之意。真真解释说，爸爸最近身体很不好，身边需要个人照顾。爸爸说，等妈妈来了凤兰肯定会走，他用性命担保。那好，让你妈一天别耽搁，拿到绿卡马上来。行，其实爸爸也这么说，妈妈越快来越好。你爸，他也这么说？

六

时光悄逝，又见东君。

纽约春迟。过去听人常说，清明前后种瓜点豆。在纽约，清明前后既无法种瓜更不能点豆，天气很冷，下雪都说不定。那是个周六早上，我蜷在被窝儿里像只蚕蛹不肯出茧。这是最美妙时刻，半醒半睡无忧无虑，被窝儿就是我的天堂。这时楼下门铃乍起，谁呢，也不先打个电话？我滴里嘟当下楼开门。哟，没想到竟是联邦快递。邮递员是个年轻人，您是陈先生？我是。请签字。我在他手中的收据上签了名。接着他交给我一只大纸盒，很大，快半人高。

这是什么？太太问。

不知道。

为什么不拆开？

等等，再等一下……

太太二话不说剪开盒子，两根树枝样的东西显露出来。这是什么东西，谁寄来的？太太嘁哩喀喳除去包装，只见两根树枝底部带着泥土，外边包着塑料袋，呈现眼前。我顿时大叫起来，这，这不是枣树苗吗？太太也惊呼，你说什么，难道是老鲍，他不是死了吗，他和凤兰不是因爱滋病自杀了吗？九哥这到底怎么回事，你倒说话呀！我赶忙把树苗彻底取出，发现底部泥土下沾着一张已被浸湿的纸条，上面字迹依稀可辨："陈先生，这是纳兰府北院儿的冬枣树苗，我答应弟弟一定带给您。赶紧种起来，别耽搁。"后面还有两字，应是签名，但被水浸得看不清楚。

我们相视无言。窗外谧静，后院的香椿树已经抽芽，根部还窜出几支细小的幼苗。我问，你听说过有句话叫"桃三杏四梨五年，枣树当年就还钱"吗？什么意思？是说枣树当年就能结果，不像其他果树要等好几年。你是说，咱现在种下去，下霜时就能尝到纳兰府的冬枣喽？没错，绝不是一般地甜。真的？真的。

同居时代

看有些人结婚前犹豫不决的样子，就恨不能在他们屁股上猛踹一脚把他们踹成已婚。有什么好琢磨的，又不是拉去枪毙。你们不都号称是一见钟情吗，要么就恋爱了八百多年，偏等这临门一脚却举棋不定。知道这叫什么？结婚不举症，该硬时硬不起来。其实有什么呀，早知结婚没什么不好，我当年就不必奉子成婚了。顺便跟所有准新娘们说句悄悄话，男人没一个甘愿结婚的，看见马驹子了吗？没一匹愿意套辕拉车，都是被逼被赶上去的。别为男人的犹豫不定伤心欲绝，有这功夫还不如把枕头往裤裆里一塞，就告他老娘我怀孕了，你的种儿，看着办吧！我老婆就用这手儿把我搞定，说起来都脸红。

我从哥伦比亚大学法学院毕业后，考下纽约州律师执照，进入麦克李文律师事务所开始我的律师生涯。麦克李文是纽约市最大的律师事务所之一，李文是犹太人的重要姓氏，其律师生涯恨不能追溯到摩西出埃及时代。我是刚

毕业的小律师，人家拿我也就当苦力使，每天有处理不完的文字稿件，弄不好周末还加班，而且没加班费。这是消极的一面。对那个时期的我来说，积极乐观的一面更为重要。我是单身汉，不到三十岁，浑身有使不完的劲儿，像头有律师执照的活牲口，再疲再累，喝一小杯再死死睡上一觉就又是条好汉。加班多学的东西也多，早一天破茧而出独立门户的日子就更快。无论老中老美，每个律师都这么走过来，有什么好说的。

你是担心没空泡妞儿是吧？这还用愁。什么叫年轻，什么能挡住荷尔蒙的伟大力量。有首古诗，谁写的记不清，叫“尔曹身与名俱灭，不废江河万古流”，能万古流的除荷尔蒙还有什么？一切物质和精神文明，始于斯归于斯，离开这个领导我们生命的核心力量，人类社会就得塌你信吗？还有个大文豪，好像是鲁迅，或许是巴金，也可能是托什么斯泰，也说过，“时间是海绵里的水，只要挤总是有的”。可我试过，海绵也有挤不出水的时候，但泡妞儿则永远有时间。这话该这么说，看来大文豪也就那么回事儿，“时间就像泡妞儿，只要泡总是有的”。这比海绵更准确。我常去位于曼哈顿九大道和五十九街把角处的“密亭”酒吧消磨时光，我喜欢那里的一道鸡尾酒“旧金山彩虹”，用伏特加和杜松子酒调成，配上软饮料，玲珑剔透口感极佳。最主要的，那里的女孩儿比较文静，对我胃口，不像其他地方的，野起来敢当场扒开乳罩让你看。我喜欢性，但我需要些含蓄，我不愿被人当成摩尔根种马或苏格兰种牛。

渐渐我和这里的人们熟悉起来，尤其女性，有比我年轻的，也有比我大的。我们聊归聊闹归闹，甚至上床归上床，大家彼此心照不宣，只为寻求快乐和刺激，别无他图，谁也甭把简单的事情复杂化。什么叫复杂化？就是第二天早上分手时话太多，这个吧那个吧，上次吧下次吧，我说你累不累呀。下次说下次，谁知道有没有下次，有也是下个第一次，另码事。自信点儿风度点儿，说声再见不就齐了。

可那次跟赛梦小姐跳舞有些异样。她是这里为数不多的几位少数族裔女性之一，长得很像过去一位叫雪儿的歌星，脸上既有欧美人的壮丽，又有亚洲人的含蓄温柔。她的皮肤被阳光晒得略呈古铜色，又细又亮像月光下的绸子，看着就想摸，试试那种滑溜溜的感觉。还有她蓬勃的曲线，哗地下去了，哗又起来了，时间地点掌握得恰到好处。最出色的是那对乳房，健壮得令人昏旋，圆润挺拔喷薄着不可救药的生命呼唤，逼我陷入遐想：川西平原的肥沃田野，百慕大群岛滴翠的芭蕉叶，还有美国南达科塔州的土豆田，生长生长生长，撒下种子就收获，吐口吐沫都能怀孕。什么叫美？美是生生不息，丰收的土地是美，不息的涌泉是美，具有旺盛生命力的女人是美，这是男女关系的全部秘密所在，这么想永远不得阳痿。

不过一开始我并没顾上赛梦。刚当上律师，都说三十而立，我不到三十就立起来了。少年得志的人难免虚荣，总觉得泡金发碧眼的白妞儿才算本事，领出去才像回事儿。那天我带莫妮卡斯诺小姐去林肯中心看威尔第的歌剧《弄臣》，她白净高挑，一身黑色长裙搀着我，令我心花怒放。

我对她说，这部歌剧要听它的合唱，很有特色。她噼里啪啦点头，被我侃得晕头转向。记得美国作家埃德加·斯诺吗？就是《西行漫记》的作者，他首次向世界介绍了历经长征的中国共产党人，毛泽东、朱德、彭德怀等。埃德加·斯诺正是这位莫尼卡·斯诺小姐的亲叔爷，莫妮卡大概继承了祖上接近中国人的特点，我们在“密亭”酒吧一相识就打得火热。她拿起我的名片，噢，你叫王彼得，我以前的男友也叫彼得。我问她去过中国吗？她说没有。我带你去吧，沿着你叔爷的路走一趟怎样？她兴奋地抱住我一阵大叫。其实我怎么会知道她叔爷走的哪条路？忽悠她呗，就像她叔爷当年忽悠咱们老祖宗一样。

莫妮卡和我拥抱时我觉出赛梦在看我。她看我不是一两天了，我说话时她总会从远处投来关注的目光。别说我自作多情，人这东西很怪，看事物时是两只眼，看异性时浑身都是眼，我估计这是人类在自然退化中硕果仅存的本能，这种本能是形而上的，不靠直观只凭感觉。甭管赛梦坐在哪儿，我都能感到她的神情，像月光像泉水像巴哈马海滩深情的潮水，将我冉冉浮起。那天喝多了，的确多了。莫妮卡非说中国女人现在仍裹小脚，被我臭骂一顿。“可惜你是埃德加·斯诺的后人，对得起你们老一辈儿吗？”气得她直翻白眼儿，转身走了。走就走，我借着七分酒性又叫了两杯“旧金山彩虹”，朝赛梦小姐走去。她见我摇摇晃晃地逼近，有些猝不及防，我看是装的，女人都会这手儿，事后告诉你她真没想到。废话，你不用眼神儿勾我，我会过来？没想到，没想到个屁。我把酒杯递过去说：

请你喝杯酒，不成敬意。

彼得，你醉了。

你怎么知道我叫彼得？你叫什么？

赛梦。

那你做什么？

西奈山医院的注册护士。

我与赛梦徐徐起舞，灯光和音乐舒适柔软，温泉般从我身上抚过。我的感觉的确和与其他女人跳舞时不同。跟她们跳舞我是大人是坏人，带一群女孩儿总想搞恶作剧。可跟赛梦跳舞，我是孩子是好人，只想躺下休息被人呵护，让她用手一遍遍掠过我的头发和脸庞。我大概是醉了，身体软软的。我感到自己被赛梦强大的乳房托举着前行，我像她怀中吸吮的婴儿，彻底陷溺下去。趁着还没失去知觉，我轻声对她说，送我回家，我要你送我回家。按说应该是男人送女人回家，还得在心照不宣的情况下。而我让赛梦送我回家，脱口而出想都没想，我说的是实话，是当时的真实感觉。醉酒的人不光可笑可鄙，也很脆弱纯真，惹人爱怜。

那一夜似“旧金山彩虹”，色彩斑斓，周边的幽暗童话般地轻柔。赛梦轻轻地呻吟，比莫妮卡的花腔女高音更真实可信。我觉得那才是酣畅淋漓的性，是实至名归的专业行为，而绝非彼此占有的业余玩儿票。我甚至忘记采用避孕措施，赛梦也没提，她怎么不提呢？这与莫妮卡太不一

样。后者无论多疯狂，关键时刻永不糊涂。智慧往往是世俗的同义语，令人生厌。不过第二天早上，面对惺忪的赛梦，我突然担忧起来。你没事吧？没事。去买些事后处理的药，这是五百元，拿着吧。

送走赛梦关上门，觉得一阵轻松。门是一堵墙，让昨夜今晨两不相见。五百元不算少，事后避孕药哪值这么多钱。这正好可以加重语气，一百元就是一个惊叹号，五百元是五个，啪啪啪啪啪，让她明白我们之间不过如此，切莫当真。给钱接钱等于签个合同，你的事你负责我的我负责，两不相欠。我匆匆整理一下正准备出门，电话突然响起，是赛梦。忘东西了吗，小宝贝？没有，我把五百块钱放在你门口儿的垫子下面，别丢了。什么？哈喽，哈喽。我赶忙出门寻找，在垫子下果然发现五百块钱，正是我刚才给她的。这个赛梦，这个倔妞儿，你到底什么意思啊。反正该表示的我都表示了，要不要是你的事儿，跟我无关。

接下来的日子一直繁忙。几个反垄断抗辩案子压在手上，令人心烦意乱。主管律师总是把卷宗往我桌上一推，嘿，彼得，文字验证一下，再把附件准备好，我下周三要。哼，你说得轻巧，这些公司并购案，反垄断抗辩案，变着法儿钻法律空子，全凭文字上做文章，特别是那些附件，鬼把戏都在附件里，弄得越复杂越多越好，有些附件堆起来像桌子那么高，就为让你看不懂。今天是周五，周末看来又报销了，这都连着多少周了，净让老子周末加班，缺德不缺德啊。

我不能不想到“密亭”酒吧的女士们，女士优先，想念当然也应优先想到她们。好久未见莫妮卡和赛梦她们了。昨天莫妮卡还来电话，说她认为中国女人仍裹足，是因为看了英文版的中国小说《三寸金莲》，那篇小说被作为中国当代文学作品介绍，她就以为是现在的事。跟我吵架后她又读了一遍，才知道是说旧中国。不过莫妮卡忿忿然地说，这英文翻得也太烂了，根本不知说什么。我得学中文，自己翻译中文小说。彼得你教我好吗，现在就开始，上次你说的“王八蛋”到底是什么意思，是说我很幽默吗？是是，我赶紧回答。说完忙补充，别到外面说去啊，这是老词儿，现在中国人不用了，弄不好闹误会的。接着我赶紧把话题岔开，你们都好吗？玛丽和安娜怎样，赛梦呢？赛梦，她好久没到“密亭”来了，莫妮卡说。

这天下班已十点了，我坐在昏暗的计程车里拨通了赛梦的电话。本想是打给莫妮卡，最后一秒钟，莫名其妙改变了主意。赛梦已睡下，她说明天要上早班，必须早起。我顿感歉疚，搅人清梦很不礼貌。没想到她却说，你过来吧。我既羞怯又兴奋，感到自己很自私下流，这真不赖我，暗无天日地加班谁受得了，绅士加成土匪，土匪加成野狼了。我像野狼一样钻进赛梦的被窝儿，欲望像崩堤的洪水铺天盖地朝她砸去。她软软地承受，发出轻轻的呻吟，那声音宛如动情的小提琴，为起舞的月光吟唱。然而，就在我的手无意中压向她的肚子时，她断然阻止了我。“别压我肚子!”怎么了，我诧异，不就碰了一下，至于这么大惊小怪的吗？赛梦的语气缓和下来，彼得，亲爱的，碰哪儿都行，别压我肚子。为什么，莫非里面有孩子不成？赛梦一

屁股坐起来，丰满的乳房从我眼前刷地掠过，她侧身凝视着我清晰地说：你说的没错，有孩子，王彼得的孩子，你的孩子。

你，你你你，你说什么？

我说是你的孩子。

我的孩子，我怎么会有孩子？

彼得，放松点儿，这是我自己的事儿，没想让你……

不，不是我的，你骗人你骗人！我整个懵了，砰地跳起来。

此刻我什么也听不见。赛梦的嘴不停向我蠕动，她脸上的泪水滚烫得几乎冒起蒸气，可我什么也不想听不想看。我觉得呼吸只出不进卡在中间，浑身麻木得开始僵硬。我拼命回忆和赛梦的几次密切接触和每次接触时的矛盾心态，走向她时充满欲望，像奔赴一次生命的庆典，离开时又有些像逃亡。有一回我急着要走，连她给我冲好的咖啡都顾不上喝。赛梦说，喝完咖啡误不了你。语气既亲昵又凄凉。如果出问题，恐怕第一次邂逅就已种下祸秧，是怎么来着？跳舞，我用胳膊压她的乳房她没吭声，我用手摸她她也没吭声，只是把头扭开不看我。后来我们一起回家，她没像莫妮卡那样找我要保险套，我们很安静也很尽兴。最后我给了她五百块钱，对对，关键就在这儿，她答应了也接了，虽说后来退还我，可当时她接了。接了接了接了，接了就是一个许诺一个合同，说明我们两清了，对，两清了。“你答应我去处理，你答应过我，这不干我的事儿。”我对赛梦叫喊着，像惊弓之鸟把衣服往身上一糊冲出门外。我拼命对自己说，这不是真的，跟我毫无关系，就算赛梦肚子里真有孩子，那孩子一定不是我王彼得的。

后来我才知道，如果说男人的荒唐殿堂是从丢失处男开始，那它也会在有孩子当父亲的瞬间濒临坍塌。什么，男人也在乎处男？听我说，男人对处男的在乎跟女人对处女的在乎不同，他没有那些乱七八糟的社会思考，品行啊身价啊，而更多的是成长的自然震撼，是对异性征服和占有后的仰天长啸。男孩儿到男人的转变只需一句话，“那谁没见过呀!”说完就长大了。然而在殿堂崩塌之际，像任何王国的末日一样，落日余晖满载着暗淡的宁静。逃离赛梦后的日子是无声的，我说不出话，因为什么也不想说，任凭时光的风在我生命的船帆上吹来荡去。我和世界之间架起一道灰蒙蒙的围墙，透过围墙看什么都显得乏味且沉重。我无法将自己从朝圣般的冥想中解脱出来，我想到赛梦，她的肚子、皮肤、毛孔，透过毛孔进入身体，我的目光像一艘核潜艇在她的腹内巡航，绕过层层暗礁寻找我的终极目标。啊，在这里，在这个被称为子宫的梨形海床里，那个浑身通红的形体，砰砰的心跳让我魂惊肉颤。你是谁，你认识我吗？回答我，你必须立即回答我。只有心跳，生命在于心跳，这心跳声让我丢盔卸甲从头崩溃到尾。日子看来没法过了，一想到我王彼得将有个孩子而不是玩具熊，不装电池也能哭叫，还能喷泉似的撒真尿，整个世界轰地变成块巨大混凝土，完全不可思议。我终于忍无可忍，那

天匆匆买了张五千元的现金本票，我怕开私人支票没人取，哗地一声给赛梦寄过去。我在附带的便条上写道：赛梦小姐，作为朋友，尽管无意过问您的私生活，但我仍支持您更改保留孩子的决定。奉上一份关注，敬请收纳。王彼得。

钱寄出后没回音，既没被退回也没赛梦的电话。日子一晃三个月，就像石沉大海，仿佛我从未寄过什么，要么我寄的压根儿不是钱，而是一声叹息，尚未到达赛梦的耳朵就随风挥散了。我试想过各种可能，没收到，被邮递员遗失在路上。或收到了，但并未存入银行。还有一种，就是收到了也存入了，一切到此为止。这是我希望也是难以相信的。钱是一种权力，再没比市场关系更简单的社会关系了，交钱走人，明火执仗理所当然。可当金钱面对一种生物关系时，它则完全丧失了原有的魔力。人类用理性与规则建立的社会不过是一层虚张声势的鸡蛋壳，它既无法代替也不能更改人与人之间最终的生物联系。再多的钱能把赛梦肚子里那家伙变成姓张姓李，或史密斯安德烈吗？这种联系是第六感的，看不见摸不着，却真真实实存在着，影响着你的精神和心情。其实心底下我早坚信赛梦怀的就是我的种，那天一炮射出去我就有种奇妙感觉，觉得这女人从此是我妈了，我可以对她说任何话做任何事，她都会跟着我护着我，这是我对所有上过床的女人从未有过的。男人啊，实话跟你说吧，他们对女人的最本质认同是母恋认同。什么共同语言门当户对，都他妈狗屁，没有母亲的感觉你就永远别想走进男人的心脏。女人本质的本质是母亲，对儿女是，对丈夫同样是，女人只有展现出浩瀚无边的强大母性才能搞定男人从而最终搞定世界。我对赛梦迄今为止的全部动作，说穿了不过是孩子的撒娇任性发脾气而已，我就想告诉她：我还没玩够呢，不想现在就像被套牢的股票一样拴在你身上，你休想强迫我要挟我，你必须给我改回原来的样子，必须。

这天干活干到一半，我突然来了股蛮劲儿，抓起电话就找赛梦，这是我三个来月第一次跟她联系。不能再这么渗着，她得说明白，她的肚皮到底是牛市还是熊市，是崩盘还是继续攀升，五千块钱是否已专款专用，都必须给个说法。电话那边的赛梦听上去很平静，稳稳的，一点儿不随我焦躁的嗓音起舞。她说钱收到了，存了定期，半年后可取。我是让你用的，不是让你存的！她却说她从无花别人钱的习惯，还说她正在上班，不能再聊了。算了吧你，我故意试探着说，挺个大肚子上什么班，是你护理别人还是别人护理你。没想到赛梦竟笑着说，这算什么，人家下午生孩子上午还在上班呢。你说什么，这么说你非要生这下个小兔崽子喽？不行，我绝不答应。你不是说我是孩子的爹吗，那我说了算，你赶紧给我处理了。

彼得，别再给我打电话了，这事与你无关。

有关，你不处理我天天打。

那你会找不到我的，彼得。

找不到最好，永远找不到才好。

说完这句我心一阵虚，空得像路基塌陷。我连忙哈喽

哈喽地狂叫，可电话那边一片寂静，接着嘎达一声断了。我咣地把电话扣回原处，巨大震动让恰巧走进来的主管律师吓一跳。“你没事儿吧彼得？这是微硬公司和阳软公司的和解案，你赶紧查证一下。”说完他把卷宗往我办公桌上一放，转身走了。我一把推开卷宗，怎么烦心的事儿都搅到一块儿！有什么好查的，微硬先偷人家阳软的视窗技术，取得市场占有率后再寻求和解，诉讼过程怎么也得三五年，钱早赚够了，赔几个零头儿堵人家嘴，要么干脆兼并人家，微硬公司就这么发展起来的。它的文字处理系统是偷当年的“文字之光”，它的制表系统是偷“菊花三二一”，我们律师事务所的大老板麦克李文多年来始终站在微硬公司一边，为其赢得一场又一场知识产权或公司兼并官司。这个案子跑不掉又是老一套，查不查还不那么回事儿。

然而情况不妙，在这划时代的重要历史时刻，我发现了一件相当于当年原子弹轰炸广岛的重大事件：老二硬不起来了。开始我未察觉，因为这几个月我把自己几乎天天关在办公室里，除了工作，一切我都没兴趣。就说微硬公司的这个案子，我在办公室两天一夜没合眼。平时这样的案子起码都给我几周时间，可这次只给我一周。后来才知道，原先这个案子是让大老板的儿子，小麦克李文做的。做完后他老爹一审阅，气得拍桌子瞪眼就差把房子点着，他这个宝贝儿子竟然粗心到连一些基本的条件状语，像“如果”，“基于”等等都遗漏了。别小看这些词汇，打起官司没准儿让你翻船。结果害得我整个一个周末加班加点日夜兼程，为小麦克李文打扫战场。主管律师那天跟我一起吃午饭时说，大老板这回气疯了，揪着小麦克李文的耳朵到他办公室训话，说要解雇他让他滚。还说希望他以后如果自己开律师楼，最好有个像王彼得这样的合作伙伴，否则连裤子都得赔光。其实我倒满喜欢小麦克李文的，除了有点儿公子哥儿派头，心地挺善良的，起码比他老子强。就这段时间，除了吃睡和工作，我哪儿还有闲心注意身体的变化。

直到那天莫妮卡来电话，才发现情况不大对。本来这些日子我谁的电话都不接，别来烦我，让我好生清静清静。跟你们这帮女人鬼混，一不留神混成爹了，再如此下去我还不得当幼儿园园长，给我打住吧。我所有电话上都有来电显示，一看是女孩儿的一律不理。那天莫妮卡一口气打了三十多通电话，我实在难掩恻隐之心就接了。她先是一顿，天啊，彼得，你还活着，你不是在天堂里跟我说话吧，那边天气怎样？我说我在办公室，为上帝加班呢。莫妮卡一听立刻用中英文破口大骂，你这个王八蛋，到底怎么回事，为什么几个月都没音讯？我一惊，莫非她已破译了“王八蛋”的真正含义？忙问，你是说我很幽默？狗屁，别给脸不要脸了。莫妮卡火冒三丈地说：我的一位中国同事跟我开个玩笑，我说，你真王八蛋，气得他再不跟我讲话了。我左道歉右解释才弄明白怎么回事。彼得，你太王八蛋了，当时我就想拔枪毙了你，推到地铁里压死也行。

过去跟莫妮卡在电话里打情骂俏，聊着聊着下边就会有感觉，老二这家伙很怪，像条狗，一听要带它出去玩儿，马上高兴得摇尾巴。可这次没有，这条狗像睡着了一样静

悄悄地。我觉出有些不对，可没太介意。为营造良好的幽会气氛，我特意请莫妮卡到我家附近的“俄国茶室”共进晚餐。这家馆子十分有名，坐落在曼哈顿五十七街上的“卡内基音乐厅”东侧，是很多明星及政要的最爱。我喜欢它的开胃菜“脆皮番茄”，还有主菜“樱桃酱烤羊腿”，都是典型的俄式风格。如果赶得巧，还能听到有人用手风琴拉着各式俄罗斯民歌，浪漫欲滴。

那一夜刻骨铭心的黑暗，完全可以和股市的黑色星期五或黑色星期一相提并论。莫妮卡带来一打保险套，要与我展开一场诸葛亮六月渡泸，七擒七纵的疯狂拉锯战。可无论她怎么弄我怎么弄，热水呀冷水呀，想到的招数都用尽了，下边的家伙就是不听使唤，坚决拒绝工作。长夜将尽，窗帘的色泽开始温润起来。我彻底震惊了，绝望得如醉如痴，深深陷入百思不解的懊恼与困惑。这纯粹是一种背叛，一场“奥赛罗”式的阴谋诡计。明明长在我身上的部件，却完全不跟我同心同德协同作战，在我脆弱的时刻抛弃了我。我用陌生的眼神注视着它，觉得它正伸出一双翅膀，像一只狡猾的蝙蝠，若即若离飞出我的躯体。我突然意识到，貌似强大仪表堂堂的躯体，不过是块傀儡般的橡皮图章，而真正的主宰则另有所属，它高兴时陪你玩儿，反之则完全不理睬你，毫无顾忌地展现它无上的权威和固执个性。这是种近乎神圣的遥远，越遥远的东西越神圣，让人产生膜拜的冲动。我想到赛梦甚至渴望立即见到她，她生命里的生命如果真的存在，也许是此刻唯一能证明我如假包换的铁证。男人女人的最大区别是男人有两种死亡，一种是电影里生活中常见的，被枪击中或罹患绝症，啊的一声倒地，这并不可怕，因为一切结束了，既无享乐也没折磨。而后一种是人死了命尚在，没有性的定位不知是男是女，这样的存在让人如何面对呢？我开始恐惧，大口喘着气，惊魂动魄地体尝一种被吸干抽净的轻渺，感觉肉体在一丝丝收缩，最后变成一张薄纸，随莫妮卡的轻叹飘落床下。

清早的阳光被窗帘逼迫成窄窄的一片，停留在莫妮卡光滑白净的背上。只有当她背对我时我才敢看她。她身上所有性感的一切，下巴，乳房，还有充满弹性的腹部，从未像眼下这样让我深感重负。我们默默无言，我发现无言的时刻是最不安静的，甚至是格外吵闹的，所有平时听不见的，连光线的洒落几乎都发出嘈杂的声响令人不静。彼得，发生什么了？莫妮卡边问边转过身，她关注的眼神既真诚又庄严，像两颗长长的钉子向我钉来，令人来不及躲避。没发生什么。我随口说。

那是为什么，彼得？

也许太累了吧。

要不要度个假，咱们走得远一点儿？

倒是好主意，不过最近太忙……

莫妮卡离开时，用手抚摸着我的面颊和头发叫我不要紧张，说一切都会好起来，还说她会去买些西雅图的生蚝，她妈常给她爸做这个吃。她妈说，这东西就像枪药，砰地

一声就炸起来。我无可奈何地傻笑，心说你父亲多大年纪，我居然也进入吃枪药行列了。我发现自己突然变得敏感脆弱，好话坏话都无法承受，恨不得独自躲起来，像哈里·波特那样走在伦敦火车站的月台上，朝一扇墙纵身一跃就逃离尘世。我想到赛梦，思路像一块磁铁，死死吸附在她身上，冥冥间甚至可以感到她身体的温度和皮肤的弹性，嘣嘣嘣带着生命的搏动。我抓起电话拨通她的号码，电话里的录音却说，该号码已取消，没进一步消息。我像一碗放得太久的中国羹汤，里面的勾芡散尽，泄成一汪惊魂未定的混水，对天发呆。

时光变得毫无意义，应该说生命变得毫无意义起来。我不愿去想肚脐以下的事，就当那部分从未存在，就当我是飘飘飘飘到办公室，又从办公室飘回这间睡觉的屋子。我跑到另一个城市看过专科医生，他纷纷扬扬讲了一大通，表意识，潜意识，表意识是社会的，潜意识是本能的。尽管这些道理我不全懂，但都再次帮我确认，我拥有的不过是一层躯壳，真正的主宰在形乎之上，既不可望也不可及，社会的永远服从本能的，就像理性最终听命于情感一样。医生给我开了药，他特别介绍了一种新产品，二十分钟生效，一次管十六小时。他拍拍我的肩，说了句话让我绝望，“吃些西雅图生蚝，据说这玩意儿管用。”苍天呐，早知你也这么说我还专程跑到这儿来干嘛，把莫妮卡请进门不就齐了。

没想到我还未请，莫妮卡竟自己搬到我家。几个月后的一天清晨，莫妮卡拉个大箱子敲我的门，说她彻底跟房东闹翻了，这个王八蛋房东，一次要涨我六百块房租，说什么物业在涨，油价在涨，地产税在涨，就他工资不涨，废话，你工资不涨关我屁事儿，有本事抢银行去呀，完全超过法律规定的百分比嘛，我一气之下搬出来，在你这儿凑合几天，找到房子就走。说着她打开箱子，把衣服一件件挂进我的壁柜，五颜六色云蒸霞蔚，呼一下把房间点亮。你知道，我……我迟疑着，不知说什么好。我不愿再经历那个黑暗之夜，已经轻渺得像张纸了，再来一次我怕化作轻烟飞走。我想起医生给我的十六小时，从未试过，连忙悄悄吞下一片，以跳大神儿般的心情等待奇迹发生。哦，谢天谢地，没到晚上，我怕太晚了力度不够，就把该做的赶紧做了。莫妮卡的女高音响彻入云，我怀疑她选错职业，如学歌剧，《茶花女》的历史必将改写。她抱紧我说，娶我吧，我们结婚吧。我只当这是床笫絮语不能当真，以前她也说过吗，记不清了。可我从未想过，此刻更不愿想这个问题。我怎能怀着十六小时的秘密谈婚论嫁，更不能告诉她我并不十分享受，十六小时可以完成动作，却无法还我狂热。何况还有赛梦的事，赛梦又在哪儿呢？

日子像一轴毫无才气的都市画卷缓缓铺开，生命似河流上的漂浮物被时间裹挟着前行。莫妮卡看来不急于找房，那天还说要分担我的一半房租，说以后咱就这样，你一半我一半。我说算了，你不在找房吗？她瞪大眼睛，找个屁呀，那天你说什么来着，怎么提起裤子就不认账？我说了吗？说了说了，就你说的，你这个坏家伙，彼得，我真觉得你很王八蛋呀。边说边扑上来把我压在床上，让我把那

天的话重复一遍。我重复一遍她说不够，又一遍还说不够。那你要怎样？我无可奈何地问道。我要你用中文写“爱上一个王八蛋”。为什么？我要把这几个字纹在我的，你的哪儿？晚上告诉你。她趴在我耳边窃语。不行，今天不行，就吃你的西雅图生蚝吃的，我拉好几天肚子了。真的吗？真的。中国有句老话，好汉经不起三泡稀。什么意思？就是说再壮的汉子也经不起拉肚子。这样啊，我爸怎么从来不拉肚子？我望着她纯净的目光心绪纷纭。房事我总是能拖就拖，维持一个虚假比启动它艰难万倍，就像维持一个政权比建立它更难。可同时我已开始习惯了莫妮卡蓝天白云的性格，她带给我生气，生活从平面升腾为立体，变得不再飘飘飘地虚怀空荡。也许我需要一个女人一个家庭。我望着莫妮卡默默无言。

几天后的上午，我正在办公室查对文字。这又是小麦克李文的活儿，他昨天抱着卷宗找我，红着脸说，彼得，帮我把把关吧，再让老爷子抓到就惨了。我接过文件，行，放心吧。他高兴得像个孩子一遛烟儿跑开。这小子不笨，但未必是干律师的料。他应该是艺术家，内心敏感细腻，富于同情心。上次来我家做客，墙上挂着我父亲和他同父异母大哥的合影。这张发黄的照片是我家传家之物，我父亲大哥比他年长很多，早已过世。小麦克李文对着照片左瞧右看，最后犹豫着说，这个人右手好像少了根手指。我大吃一惊，没错，我父亲大哥，我叫他大爷，右手的确少了根食指，可我并不知道从这张照片上能看出来，赶忙仔细观察，才发现必须非常认真才能看出来。为什么？小麦克李文问道。听老一辈讲，我随口解释着，“二战”时日本侵略中国，全家推着独轮车逃难。半路过一条河，车轴突然断了，后面是日本追兵，四下是水又找不到东西替代。我大爷就把手指头伸进去大喊走走，车到了对岸，他指头没了。这故事我听过千遍万遍早已司空见惯，可一扭头儿，发现小麦克李文已热泪盈眶。打那儿以后，我再没把他的事儿当成分外之物。

就在替小麦克李文审文件之际，秘书送来一信。信封上的字是手写体，没有发信人地址。我立即拆开，一张照片滑落地下，背面朝上，白底兰字写着：“这是小王彼得，你肯定想知道他的模样。赛梦。”我俯身捡起，边捡边读，血轰地一下涌上脸庞。当我翻过来看正面，只觉心跳骤然停止，整个世界变成一块雕塑，连空气都凝成结晶，只需一碰就会噼里啪啦散落一地。这是个出生不久的男童，除肤色略显深许，其余几乎跟我小时候一模一样。我也有张出生不久的照片，与这张难分彼此，连前额上一小块红迹，无论颜色还是形状都看似相同。我惊讶得喘不上气，心底有个强烈的声音往喉咙上喷发，“这是我儿子，这个小兔崽子绝对他妈的是我儿子。”送信的秘书走出去又迟疑地转回来，彼得，你说什么？没有没有，我什么也没说。秘书又带上门，不知为何，我的泪水唰地奔涌而出，无论如何也止不住。我拼命哭恣意地哭，哭得天昏地暗莺歌燕舞，整个世界为之旋转，跳起激情无限的大探戈。就在这时，猛觉得下身像过电似的一阵发热，那热流不是一丝丝蔓延，而像泼水一样哗地铺开，紧跟着关键部位仿佛有无数小蚂

蚁爬过，一阵轻松自如，啪地扬起风帆傲然挺立。我吓懵了，用手攥住它不知如何是好。我拼命做深呼吸让自己放松，可这家伙就不肯低下高贵的头，一副打死不说的横蛮气概。到底怎么回事，到底发生了什么？我迷惑得兴奋，兴奋得迷惑，抓起电话拨赛梦的号码，可还是那个电话录音，此号码已取消，无进一步消息。

莫妮卡回来时我早已到家。我对主管律师说，我有些累，想早点儿回去休息休息。他看着我说，彼得呀，你脸怎么这么红，去看看医生吧。到家后本想小睡一下，可翻来覆去睡不着。我从钱包里取出儿子的照片看了又看，浑身火一样辐射着热浪。人很奇怪，丢魂儿时目光涣散聚不成焦，整日飘乎不定。失而复得后则马上变本加厉两眼冒绿光，暴发户般人欲横流豪情万种。莫妮卡走过来，问我是不是病了，伸手在我头上抚摸。我说你别碰我，碰出麻烦谁责任？就碰你就碰你，看你怎样？说着她在我身上胡乱搔动起来。我想我是疯了，肯定疯了，出其不意将她一把扛上肩再摔回床上，掀翻她身上的一切。开始她很吃惊瞪大眼睛，随后马上化作一汪水，软软的水，恣意泼洒尽情奔流。事后她轻声说，这是最好的一次。你是王八蛋，我是王八蛋的老婆，咱们什么时候订婚呢？我静静望着她。我发现男人女人床前床后的心境完全不同，男人是由热变凉，冷静得像块刚淬火的金属，女人则更加殷勤温柔，既像妈妈又像女儿。我眼前再次闪过赛梦和儿子的影子，心房突然间收紧，赶忙装着过于疲劳而坠入鼾声。我相信男人事后立即打鼾起码一半是假的，都是怕面对某种真实。

不是我不喜欢莫妮卡，绝非这么简单，她的美丽多情，还有健朗无边的率真性格都让我痴迷，可我该如何向她解释小王彼得的存在？这将是剪不断理还乱的艰难使命。更难启齿的是，自打遇到赛梦之后，对比跟赛梦在一起时那种像孩子，或想像谁像谁的本性心态，莫妮卡的风格略显沉重了。与她共处我无法随心所欲要怎样怎样，和个性鲜明敏锐自我的女人厮守看来不是件轻松事，你老得抖机灵，时刻准备着，天天像开案情会议，腾空的心永不能落地。家庭不该是理性的空间，家庭是你心中的魔鬼终结者，是母仪天下的殿堂，是老婆孩子稀里哗啦把你蜕化成一摊烂泥的地方，这是我想到赛梦和小王彼得时自然萌发的迷思，我被这迷思绑票儿，弄不清在莫妮卡和自己之间，谁更该拯救谁？

小王彼得的出现与我的复元，吹皱一池春水。我从未像现在这样希望见到赛梦和孩子。那时互联网还不流行，我只能悄悄在电话簿上查名字，发现差不多的就打电话过去，可打来打去都不是要找的人。我琢磨过到医院门口儿堵她，可一想到相逢后的局面又太感突然，有些不知所措，所以迟迟下不了手。

莫妮卡十分敏感，也许女人都有第三只眼，专为看男人用，她立刻觉出我的彷徨，疑惑地说，你好像患了老年痴呆症，总丢三落四的，连约好的牙医门诊都忘了去。对了，昨天你又提到赛梦，是不是想她了，要不要我去帮你找她呀？莫妮卡还说，如果她是大力士，非把我头朝下抖一抖，把卡住的地方抖通。我说别介，抖坏了小心我赖你

一辈子。一辈子，彼得，别跟我开玩笑了，咱俩不像一辈子的命。快了，我有种直觉，咱俩快了。“你这话什么意思?”我心一颤，不知为何身体漫出类似虚脱的酥软，没想到莫妮卡竟说出这种话，让我格外震动，甚至惊恐。我极力装得理直气壮，试图用加重语气安慰她，也让自己镇静下来。最近与她类似的交谈时有发生，今天是最严重的一次，让我有土崩鱼烂之感。人心都是肉长的，毕竟她是在我丢失自信的时刻走来，陪我度过灰暗的时光。我都习惯了她的气味儿和音调，这怎是一个走字了得。我控制不住自己走上去抱住她，“别这么跟我说话，什么时候咱们去挑订婚戒指?”莫妮卡静静地，既没挣扎也没说话。

女人男人还有一项重要区别，男人的理智和情感可以分开，理智明知只能娶一个女人，可情感则需要越多越好，一个不愿少谁也放不下。女人不同，她们的理智和情感是一码事儿，理智就是情感，情感就是理智。对她们来说，与其说用脑子思考问题，不如说是用心感觉问题，而且感觉一到马上付诸行动。很多事，特别在情感方面，女人比男人更拿得起放得下，男人在这方面的命运往往是女人决策的结果。男人像一支老式步枪，装弹不等于击发，这完全是两个过程两回事儿。而女人是自动步枪，装弹就等于搂火儿，突突突，开枪为你送行。

几周后的一个清晨，我下楼给汽车换边儿。在曼哈顿，马路上停车是周一三五停靠一侧，二四停另一侧，每天需腾出一边马路供清扫。我一般是头天晚上睡觉前换，昨天一懒就忘了，只好早晨做。没想到仅晚了几分钟，一位交警正在给我的车开罚单。我半开玩笑地对他说，早上好先生。如果我没记错，你们交通局刚刚打赢的与环保组织的官司正是本人代理的。“真的，您是?”他好奇起来。我叫王彼得，服务于麦克李文律师事务所，这是我的车，您能否高抬贵手让我把它挪开？当然，不过，不过我怎能确定您说的，比如，您有驾照吗？我这才意识到我身着运动衣，钱包忘在楼上。忙说，给我两分钟，马上拿给您，当然还有我的名片，有什么可以效劳的尽管说。接着我用手机接通了莫妮卡，请她把我西装上衣里的钱包送下来。等一会儿没动静，再等一会儿还没动静。本来和交警就没什么可说的，他也面露难色，不知如何是好。我刚要再给莫妮卡打电话，只见她面色紧张匆匆地向我走来，手里拿的不是钱包，而是我的名片和驾照。我感觉有些怪，但因忙着和交警周旋顾不得想太多。事后我问她，怎么了？你看去不大高兴。她莞尔一笑，我从未见过她这样的微笑，很陌生，像从遥远之处飘来的空谷幽鸣，或是深潭底下的几缕鱼踪，似有若无动静难辨。没有，我没事，她喘了口气，平静地说。

既然答应了莫妮卡订婚买戒指，就不该光说不练。生活也好情感也罢，全是动态的。任何动态必然有惯性，惯性就是想停停不下的力量，很多真实生活都是被惯性驱动的。那天我对莫妮卡说，我们订婚吧，这个周末就去蒂芙尼买戒指？蒂芙尼是一家著名高档首饰店，位于曼哈顿五大道与五十街交口处，东西虽贵但设计新颖独特，首饰的价值一半来自设计。没想到她爽快地说，好，不过这个周

末我要加班，下周吧，下周咱们到长岛“罗斯福购物中心”去，那里东西款式多，弄不好还有意外收获。她边说边抬头对我微笑，仍是空谷幽鸣式的，让我找不着北。我发现她已很久没说“王八蛋”这句中文了，这是她高兴时最爱说的。不过无论如何她今天能响应我的郑重建议已令我喜出望外，这是这些天很少见的，能否被看做是冰释前嫌重归于昨的标志？我们最近在一起时比以往安静了许多，搞得心里慌慌的。男人女人在一起时最怕安静，干什么都比安静强，上床下床吵架打架，甚至白刀子进红刀子出也算是一种激情。都说人体炸弹是恐怖主义，其实安静也该算恐怖主义，两性恐怖主义。现在好了，安静终于被打倒，恐怖主义夹着尾巴逃跑了，剩下的该是我和莫妮卡的大团圆。

没想到，变化总比计划快。爱没做成，莫妮卡说来了例假。女人为什么非来例假，而且说来就来没完没了不见不散，世上就没有不来例假的女人吗？中国人形容煞风景时往往用煮鹤焚琴，这词儿太老了，谁知道煮鹤焚琴是什么滋味儿，还不如“例假当头”更形象。就在那天半夜，我被巨大的电话铃声惊醒。我跳起来，怕打搅莫妮卡睡觉，跑到卫生间接。竟是小麦克李文！麦克，你不是在科罗拉多滑雪吗，这时来电话，纽约现在可是半夜呀。我困惑地问。天啊，真抱歉彼得，我在丹佛市一家医院跟你说话，医生马上给我手术，再不打就误事了。什么！发生什么了你？我大吃一惊非同小可。原来小麦克李文滑雪时从半山腰摔下来，折断一条腿，医生正准备给他腿上打钉子固定骨头。你上黑钻区了？我问。黑钻区是滑雪场难度最高的雪道，坡陡弯急很容易出事。没有，就在兰方区。兰方区还摔成这样，你太幽默了吧？算我倒霉，一个腾跃后落在冰上，雪都结成了冰怎么吃得住啊，从半山腰一直滚到底，腿折了不说还掉了颗门牙，我现在看去很可笑，像卡通人物。那我能为你做什么？我知道他这时来电话肯定有事相求。小麦克李文这才如梦初醒，哇一声大叫，啊，差点儿忘了正经事。我桌上的案子你帮我看看吧，求求你了彼得，否则老爸又要解雇我。什么案子？就是讯朗公司的被侵权案。你说这年头，这么老牌儿的公司愣被人欺负成这样，谁都偷它的技术，赔几个钱管屁用，产品没了。彼得，你有讯朗的股票吗？明天就抛千万别等，这公司我看死定了。

放心，我把案子接过来，可是，

可是什么，怎么了彼得？

下周末我就和莫妮卡订婚了。

什么，那赛梦不找了？我都找到她的电……

你找到她电话了？快给我。我尽力压低嗓音。

可，我不想这时搅乱你们，彼得。

麦克，给我，快给……

电话断了，无疾而终。打回去只是留言，看来他已被送进了手术室。

讯朗之案虽没什么特别，但十分耗人，搞得我不得不加班加点。越看这个案子越觉得小麦克李文的感慨不无道

理，这些老牌儿公司恍若老人，他们吃亏不在于兜儿里有没有钱，而是固有观念无法适应瞬息万变的世界。你觉得可以依靠法律保护自己的知识产权，谁偷你技术可以告他。殊不知世界早从绅士变流氓了。法律诉讼周期越拖越长，打不赢就拖死你。同时，偷来的技术马上繁殖，衍生出无数其他类型产品，而且产品周期越来越短，都是赚一票就走。诉讼长周期短，这些老牌儿公司靠法律保障自己的迷思，就葬送在这个时间差里。也不想想都什么时代了，市场经济从未像今天这样活跃，漫无边际，不偷来偷去如何活跃得起来？美国在知识产权问题上老盯着中国，完全为了遏制中国的发展，是政治行为，它自己这类案子层出不穷，都是大事化小小事化无，绝大多数以和解告终，鲜有闹得头破血流的。

我加班莫妮卡也加班，加班都凑热闹，这种情况很少见，弄得我俩整个一周离多聚少难得见面，有时我到家她已经睡了，有时她比我回来还晚。我故意问她，订婚开心吗？她说，谁订婚都开心，不开心订婚干嘛。听这口气好像她说的不是自己。那你开不开心？我追问。你呢，彼得？她反问我。我开心，很开心。莫妮卡眨眨眼说，你开心就好，你开心我就放心了。那天晚上我借着热乎劲儿把手伸进她的被窝儿摸她乳房，她这么久对我实行“禁运”真让人无法忍耐，还没碰到关键部位她就哇地一声尖叫跳下床，搞得我像强奸犯一样充满罪恶感，张口结舌不知说什么好。她说，对不起彼得，不是跟你说了吗，再等两天，过了周末就结束了，到时候你想怎样就怎样，都是你的。她的话让我面红耳赤，也备尝温暖，只顾不断道歉。可静下来后，在暗淡的夜幕中，一丝不安隐约掠过心头。英语中表示结束有很多词汇，而形容女人例假结束和形容男女关系结束，用词是不同的。莫妮卡用的分明是后者的结束，是她用错了，还是我听错了？带着疑虑我沉沉睡去。

周末，周末终于降临，这对我们是个非常重要的日子。

清晨的阳光永远是欢乐的，它总像歌唱一样飘近人们。我坐起来，发现莫妮卡已经醒了，睁着两只大眼睛望着我，一滴泪水挂在眼角尚未干去。开始我并没在意，以为这是刚睡醒的缘故，人们刚刚醒来有时会不自觉地流泪，既不是伤心也并非激动，或许只与昨夜的梦境有关。可定睛一看，泪水未干是因为仍在流动，静静流动，看不见水的流淌，但枕边的湿痕像地图越画越大，让人联想到一个国家的版图正在扩张，马队和装甲车掀起烟尘。我以为今天是订婚之日，对任何女人来说都不是小事。她们纤细敏感，此时表现出任何情绪波动都是自然而然可以理解的。我自己又何尝不是如此，今天这一步迈出去，以后的日子该如何面对？我能像一切从未发生过那样彻底忘记赛梦和儿子吗？我真能放弃自己的亲骨肉吗？生活比任何个人意志都强硬，最直接的永远最有力。我记得一位作家也说过类似的话：最要紧的时刻是现在，最重要的人是现在同你打交道的人，最重要的事是把现在同你打交道的人做的事做好。过去读这些话时只觉得是一种哲理，起码从字面的形式逻辑上很像哲理。此时蓦然回首才惊奇地发现，自己竟在不折不扣实践着这种哲理，宛如冥冥之上的某种宿命一样。

想什么都已晚，只有向前走，把一切交给命运了。

我俯身试图用嘴唇吻干莫妮卡的眼泪，这个动作的含义比这个动作本身更真诚感人。我由衷地希望她幸福，宁愿相信这泪水是为幸福而淌。就在我的嘴挨上她的脸时，莫妮卡一把将我搂住。我想到“例假当头”，身体微扬似要挣脱，可她的双臂丝毫没有松动之意。我的嘴唇谨慎下移，一点点经过她的面颊和鼻子，最后落在嘴唇上，她毫不犹豫地响应了我，让我受宠若惊升火启锚。我们相互抚摸调戏，我发现她不像平时那样穿着睡衣，而是彻底赤裸着。清晨的阳光歌唱般飘近我们，随我们一同上下起伏尽情欢畅。我们彼此交换着位置，拼命揪成一团让肌肤永不分离。空气在抖动仿佛大地在燃烧，周围一切都在热烈起舞飞速旋转。那是一支庞大的合唱军团，丰富的声部和急促的和弦此起彼伏，构成气吞山河的壮美空间。那是一片令人窒息的海啸，地核运动就是它的本质，并赋予它惊人的能量。我们绝对疯了，不肯放过任何一个细节和感觉，在难解难分的互动中拉长时光拉长生命，人真正的境界就是当你觉得不是人的时候，完全彻底与人无关。然而，莫非是异乎寻常的激烈必然带来异乎寻常的感受，当一切开始走向极致，我心底居然掠过一丝回光反照般的凄凉。咣，在一泻千里的奔涌中，一种隐隐的巨大安静像潮水一样漫过心头。世界消失了时间停滞了，我们谁都没说话，动也不动，在死亡般的寂静中目瞪口呆。我听到空气摔在地上的声音，应该很痛。

外面阳光明媚，人们享受着生活的无比乐趣。在去长岛“罗斯福购物中心”的路上，我边开车边为眼前的蓝天白云惊叹。这入画般的图景让人很容易产生虚幻的错觉，好像我正飞离尘世，行进在去天堂参加盛大庆典的路上，那里人山人海万马奔腾，那里是鲜花如毯乐声如梦的伊甸园。莫妮卡坐在我身边，似乎也沉浸在不可名状的亢奋中，我甚至怀疑她喝多了，不断侃侃而谈喃喃自语。从第一次在“密亭”酒吧我们的相遇，她说，你的眼神，色迷迷像钩子一样钩住我。如果女人说男人好色千万别以为她在骂你，很多情况下她们是被你吸引才这么说的。如果她们没跟你上床也不一定是你不好，是她们缺乏自信不敢面对心中的自己。女人一辈子要忍耐的比男人多得多，下辈子我决定做男人了。我诧异地望着她，觉得她简直是在做一次总结发言，全部用概括式的语言。你不恨我吗？比如那次，你说中国女人还在裹足我骂了你？我有意把话题由概括转向具体。她默默注视着前方，迟疑了一下说，女人不会因为你说什么而生气，即便你骂她。女人真正生气或遗憾的，都是因为那些你没说出来的。什么！她这话像一顿乱锤，在我的躯体里剧烈回荡。如果我是只钟，一定会发出当当当急促的声响。我在犹疑，这话什么意思，难道她在暗示我和赛梦的关系？还没等我想好如何应对，莫妮卡话锋一转说，最可惜的，是没能跟你去中国走走，沿着你说的那条路。嗨，这有什么可惜的呀，咱们订完婚就去怎样？沿着你叔爷的足迹走一趟。莫妮卡笑了，笑得很真实很遥远很沧桑，那种让人看了就会落泪的笑。笑有很多种，有一种叫绝望。我感到前边的道路突然断裂，我的车像片树叶

在空旷中坠落飘荡。我腾出一只手握住她的手，泪水竟涌入眼眶。别这样，彼得，你怎么了，我们是去订婚，不是去自杀。

纽约长岛的“罗斯福购物中心”是北美最大的综合购物群之一，这里有数不清的品牌店连锁店鳞次栉比。我们去的那家叫“克拉名店”，一听就是专营钻石珠宝，且档次不比曼哈顿的“蒂芙尼”低。迎接我们的是一位年过半百的先生，他花白头发衣着挺括，眉宇间透出十足的自信。“让我猜猜，来选订婚戒指?”他幽默地问我们。是，你真是行家。我赞赏地说。他把我们带到柜台前，小心翼翼地取出一颗颗钻石供我们挑选。这是B级，这是A级的。生日礼物可以用B级，但订婚绝对要买A级的，小伙子，我可不愿让这位美女抱怨你一辈子。他开始天女散花般向我们倾泻专长，口若悬河地招摇起来。对，我只买A级，你说得一点儿不错。我坚定地回答。最后我们选好了一只圆形A钻，莫妮卡自己不拿主意，非让我定。我随口说，中国人讲究圆满，就买圆的吧。但在选择戒指时，没想到那位先生竟然看走了眼，让我顿感意外。他望一眼莫妮卡的手，确定地说，您是六号手指。可莫妮卡想也不想立刻回答：“不，我是七号的。”不可能，相信我，凭我四十年经验，您戴七号肯定大。这位先生认真起来，满脸严肃地与莫妮卡争执。我只好打圆场，这有什么好争的，试试不就完了。对，试一试吧，你要是七号这只戒指我送了。没想到莫妮卡打断他的话不可抗拒地说：“你要卖就给我七号的，要么我到别处买。”我吃惊地望着莫妮卡，可她双目前视，根本没与我商量的意思。那位先生半张着嘴摇摇头，无可奈何地取出那只七号戒指放进精美的包装盒里。没关系，他面向我自嘲地说，如果不合适可以更换，可以更换。

我和莫妮卡踱出店堂。那一刻，天地六合谧静无边。周围的人流只有移动没有声响，仿佛是一簇簇风中摇曳的芭蕉叶。走廊上的装饰玲珑剔透，高旋的吊灯从天而降，像一只只手臂伸向我们。人们将目光向我们抛洒，那些瞳孔上凝结的光点汇成星云，令人头昏目眩。我想，此地甚好，何不在此向莫妮卡求婚，把戒指戴到她的手指上。“哎……”我刚开口，莫妮卡把食指往唇前一举，嘘……再等等，就快到了。说着她将我带到一片宽敞的休息区，这里更明亮颇具舞台性，周围花卉色彩纷呈凸显喜庆的气氛。在这儿，你觉得在这儿求婚怎样？她问我。好，这儿好。你怎么知道我是这个意思？莫妮卡笑了，眼里闪着泪花。我上去拥抱她试图与她接吻，她侧过头躲开我的双唇，静了一下说，彼得你弄错了，今天你求婚的人不该是我。不是你是谁？我诧异。是赛梦，她和孩子已经等你太久了。什么！你说什么？我浑身咣地一摇。别让他们再等了，彼得。莫妮卡的语调越来越有弹性和节奏感，她说，我曾因你向我隐瞒此事深感悲伤，后来才明白，是我的存在让你张不开口，我越努力你就越张不开口，因为你怕伤害我，对吗彼得？我茫然点着头，虚脱的感觉再次浸入心肺，觉得身体开始晃动。莫妮卡叹了口气，目光向失焦的远方游弋。我想过跟你一起装糊涂，让时间把一切变得不可逆转。可那天，那天……说到这儿她哭泣起来，那天当我走进赛

梦家，看到小彼得的房间到处贴满你的照片，大的小的方的圆的，连天花板上都有，我问赛梦为什么？她说，是想让孩子从小就记住爸爸的模样。从那一刻起，我坚信你最终是属于赛梦的。好吧，莫妮卡的泪光璀璨，嘴角载着微笑，既然你无法决定，就让我来决定这一切吧。今天的安排是我的主意，希望也是你的。当赛梦和孩子一会儿走向你时，千万别迟疑啊彼得，否则我会动摇的。为了今天我们都付出了很多，请你成全我，就像我成全你们一样。说着，莫妮卡转身，向远处扬起手臂。

快看啊彼得，那是谁？

那是，是……

你怎么了，那是赛梦和孩子呀！

顺着莫妮卡的手，也顺着周围人们好奇的目光，我看到一个女人推着儿童车缓缓向这边走来，车上坐着个男童，眸子明亮，凝睛向我观望。我的神经立刻定格在他身上。他的目光绳缆般牵系着我，像引船入港的驳轮，令我情不自禁朝他走去。我俩四目相视，我走近一点他的眼光就抬高一点，走近一点抬高一点，直到他彻底扬起头，把红扑扑的脸蛋儿一丝不苟展现在我面前。这是张熟悉的面孔，尽管比照片上的长大许多，但因为太像我，让我连犹豫的空间也没有。我蹲下来痴痴望着，第一次这么近地关注他，他的皮肤，他的味道，他的一切一切都被我的视觉拥抱。我脑海里突然冒出个奇妙的想法，这个孩子才是真正的我，而我则是另外什么人，在看着自己重生一次。紧绷绷的天地顷刻间变得柔韧了，眼前的色彩不再非黑即白非紫即绿，而是吟唱式地混合了丰富了，温厚得一塌糊涂。这想法搅得我情绪波荡，孩子般脆弱下来。我强忍激动轻轻呼唤他，彼得，小彼得，我是你爸爸知道吗？小彼得先是愣愣看着我，突然间神色欢畅，双臂不断挥舞，拍打着身前的小桌子啪啪作响。更让我震撼的，他嘴里发出类似“叭叭”的声音，我坚信那就是他在喊我“爸爸”。我的泪水夺眶而出奔流而下，将眼前的世界全部淹没。蒙眬中我一把抱起小彼得搂在胸口，让自己的脸和他的紧紧贴在一起，把心完全沉浸在他皮肤传出的稚嫩感里。那是种蓬勃有力梆梆作响的感觉，沿着这感觉，我可以深入他的躯体，倾听他的心房在尽情歌唱。就在这如醉如痴的时候，我听到一个女人的哭泣声，仿佛十分遥远，像山间清泉潺潺鸣响，一点点向我靠近。猛回头，“赛梦！”我叫出声来。赛梦没直接看我，她双眼闪烁着泪花，有些不知所措。她的脸还是那么动人，皮肤细腻的光泽像昨夜的梦一样熟悉撩情。但在瞳孔深处，还有嘴角，可以感到一种更加成熟的坚韧，像拨动的弓弦砰然有力，让你有从十二层楼跳下也摔不死的确定感。一秒钟，就一秒钟，我们在一起时的所有感觉轰然涌上心头，那是子母弹效果，先中间开花，再放射出无数小炸弹，通遍全身，把整个躯体炸得片甲不留粉粉碎。川西平原的沃土，滑溜溜的潮水，哗一下这样哗一下那样，月光下的呻吟，孩子般的无忧无虑，还有浩瀚的大海，梨形海床的野狼巡航，这一切让我彻底崩溃了。我扑上去搂

住赛梦，把头伸向她宽广无垠绵延起伏的胸膛。我感到自己的躯体越来越轻，没有赛梦的托举我会像风筝一样飘远，无影无踪。

不知过了多久，我们仨就这样紧紧抱成一团，什么也听不见，只有彼此的呼吸声随时间的节奏合唱。渐渐地，我觉得胸前发热发湿，像咖啡打翻在我怀里，开始我没在意，坚持不动，可水越流越多，甚至湿到我的裤子里。往下一看，才发现水是从小彼得的屁股下流出的，滴滴答答洒了满地。天啊，这孩子，这孩子尿裤子了吧！我大叫起来。真的？赛梦哗地满脸通红。你没给孩子带尿布吗？我问她。就今天没带，要么这身西装就穿不上了，还不是想让他精神点儿给你看。我这才注意到小彼得一身西装笔挺，皮鞋领结一应俱全，简直像个小绅士，可惜现在成了湿漉漉的小绅士了。你给孩子带换的衣服了？带了带了，本想一会儿给他换上，谁知这小子，哎，你羞不羞啊羞不羞啊？赛梦边说边用手指搔动小彼得的肚子，逗得他咯咯笑个不停。我说这有什么可羞的，谁小时候不尿裤子呀，来，拿来我给他换上。你，在这儿换？赛梦犹豫地问。可不就在这儿换，一个孩子怕什么，我正好看看这小子到底是男是女，好好检验检验。说着我动手解小彼得的裤子。

彼得，还是让我来吧。赛梦的手扶在我的手上。

彼得？我心一颤，停在那里。多久没听到赛梦这样熟悉的呼唤了？她的口气与其是女人的更不如说像妻子，这呼唤像根导线，把回忆和现实的两极相联，让我浑身充电发热。我默默抬头凝视赛梦，她也用同样的目光迎接着我。

我的手不觉向兜儿里的戒指摸去，赛梦，你的手指几号？七号。七号？这戒指正是……等等，莫妮卡，莫妮卡呢？我猛地转身寻找莫妮卡的身影，没有。我对周围的人大喊：谁看到刚才那个女士了，谁看到了？没有任何回答。我漫无边际立刻追了出去，边跑边喊，莫妮卡，莫妮卡·斯诺小姐！跑了好一段路，除来来往往的购物者，他们纷纷用奇异的眼光望着我，根本没有莫妮卡的影子，她像从未出现过一样消失了。

后来呢？

其实后来就是现在，现在就是后来。我和赛梦结婚后又有了两个儿子，现在我是三个儿子的父亲了。赛梦生第三个儿子时，我甚至希望她能生个女儿。我在产房里握着她的手，目光却注视着即将诞生的婴儿。先是头，身子，哇地一声全部落地。我对疲惫不堪的赛梦说，看，又是带把儿的。她欣慰地摇摇头说，我奶奶早跟我说过，女人的肚子有三种，一种是男肚子，一种是女肚子，还有一种花肚子。只有花肚子能生男生女，我看来是男肚子，生一百个也是男的，这可怎么办？

正说着小麦克李文手捧一大簇鲜花来看我们。我把婴儿抱给他看，你看，又是个儿子，你赢了。他哈哈大笑，我说什么来着，有的女人是男肚子，我妈就是男肚子，生七个都是儿子。我和赛梦相视一笑，他居然也懂女人肚子的事。小麦克接着说，这下好了，彼得你输了，我又可以去科罗拉多滑雪，办公室的事就全交给你了。哦，差点忘了说，我和小麦克李文合办的律师事务所已经开业，我们

把重心放在亚洲市场，特别是中国，帮那里的客户在海外融资，保护他们在国际市场的正当利益，局面非常喜人。甚至上次老麦克李文来我们这儿“视察”，竟开玩笑地说他要来打工。小麦克立刻装出很酷的样子问，尊敬的麦克李文先生，您懂中文吗？不懂。那恐怕够呛，我们正寻找会讲中文的合作伙伴，在北京开办事处，您还是先学好中文再说吧。气得他爹又去揪他耳朵，边揪边说，看看人家彼得，都有三个儿子了，你呢，连媳妇儿也没混上，没家没孩子的人是干不好事业的。他这话让我想起小时候父母常说的，男人要成家立业。家才能让男人是男人，女人是女人。

至于莫妮卡，她还好。怎么好？下次，下次一定告诉你。

挫指柔

挫指柔，据说为中国北方民间流传的一种罕见神功。我曾在互联网上百度搜狐雅虎过，迄今未找到任何关于它的蛛丝马迹。我亦请教过常居纽约的武林高手华先生，他是李安导演的影片《卧虎藏龙》的武术指导之一，他也说，根本没这么个东西。不过我坚信，它确实存在，甚至就在此时此刻。

1

是的，为这事儿我和小麦克李文有过争论。

我俩在曼哈顿合开的律师事务所主要承接公司方面的法律业务，很少管个人意外赔偿这类民事案件。这些年我们做得有声有色，不久前还因打赢讯朗公司产品被侵权案上了《纽约时报》和《华尔街日报》，讯朗公司总裁沃顿先生搂着我肩膀的照片比巴掌还大，占据不少版面。他眼含

泪水，因为这是该公司多年来第一次不仅赢得官司，还终于拿到偿金，给这家苟延残喘的老牌企业争得一丝回光返照的颜面。庆功宴上小麦克李文喝得满脸通红也没忘警告我，彼得，再怎么着也别卖讯朗公司的股票，打官司我不如你，投资你可不如我，别忘了我是犹太人，记住啊。

小麦克李文这次仍然拿钱说事儿，彼得呀，咱不是说好不再接这种个人赔偿案吗，挣不到几个鸟钱，管他干屁。我俩当年在他父亲老麦克李文律师楼打工时就经常处理民事诉讼案。那时被美国橄榄球明星辛普森杀害的青年情侣的家人，在向辛普森索赔的民事诉讼中，老麦克李文就是律师团主将之一。他所有文件的处理和材料准备，包括陈述摘要都是我和小麦克李文做的。我们自己开业后，开始还接过这类案子。后来公司客户越来越多的确忙不过来，就把这块业务停了。小麦克李文说的正是这意思，美国律师主要还是挣钱，有理没钱再怎么也不行，这案子是为被告辩护，打赢也就挣笔律师费，没有赔偿分成，穷忙活什么呀。

可实际情况并非像他说得这么简单。首先此案知名度甚高，纽约几乎所有主流媒体都在刊登并追踪这个案子，因为它太离奇，根本没听说过。纽约波莱顿公立初中，一个姓多尼的八年级男生和他父亲，在一次家长会后，儿子的左手父亲的右手无端就粉碎性骨折了，不是一般的粉碎性骨折，是两只手各碎十多处，几乎一模一样，非常均匀。两人都是从学校回家几小时后，突然发现手不能动了，到医院检查才知是粉碎性骨折。医生也十分困惑，说从未见过这种病例。多尼父子回忆当时情景，终于想起在学校时，曾与一位中国家长，应该叫纪季风的男士握过手，他一定是使用中国功夫或某种“魔力”将他们的手弄残，除此实在想不出还有其他的可能。于是多尼先生一纸诉状把纪季风告上民事法庭，索要伤害赔偿每人各两百万美元。纪季风一下傻了，尿裤了，说他根本记不清是否与多尼父子握过手，就算握过也不可能造成他们粉碎性骨折，因为他根本不会中国功夫。情急之下，他向纽约著名黑人民权领袖敦普夏牧师求救，呼吁他制止这桩旨在歧视少数族裔，向弱势群体转嫁灾难的不公平行为。该牧师不久前对媒体发表严正谈话，称这个诉讼案是白人的一惯伎俩，是无以复加的荒唐，并要求法庭立刻撤销此案。

打这种“公众形象”官司考虑得不能光是钱，小麦克李文后来自己也承认他的看法太偏颇。另方面，我认为这是个费力不多而必赢的案子。你想啊，能把人手碎成十多片儿的绝非人力可为，别说中国人，就让阿里或泰森这类重量级拳王试试也白搭，什么中国功夫呀，拉倒吧，谁能证明，怎么证明，太邪乎了。多尼父子不定鼓捣什么东西把手弄残了想赖别人，找垫背的，他们也不把故事编圆了再说，就凭这点儿难以证实的指控，陪审团能判纪季有罪？判他有罪不就等于承认超人的存在，世上真有超人？简直荒唐。

这种捡便宜的案子开始我没想接，因为想接的律师一定很多，我们又不是没饭吃，大可不必跟着起哄架秧子。据说斯波拉律师有意代理此案，那就更没必要跟他争了。

斯波拉老头人不错，就是好饮，每饮必醉，甚至几次误了庭期，但愿这次他少喝点儿。问题是有些事它不以人的意志为转移，生往你身上撞躲都躲不掉，这才是我最终说服小麦克李文的主要原因。

就在两天前的下午，秘书玛丽说有我电话。纽约所有律师楼都有同样的职业习惯，律师一般不接电话，都由秘书留记录，事后酌情回电，这样既省时省力也免去一些不必要的麻烦。不过今天这个电话很怪，玛丽吞吞吐吐地说，好像是我舅舅从中国打来的。舅舅？我顿感迷惑。没错，我在国内是有舅舅，不止一个，但很少来往，更别说把电话打到办公室，绝无仅有，怎么突然冒出个舅舅？我犹疑着接通电话，用中文问，请问哪位？

您是王彼得大律师吗？他也说中文，流畅的普通话。

我是王彼得。

我姓纪，我叫纪季风呀。

纪季风？

就是说我把人手弄碎的那个，报上天天……

噢，有什么可以帮你？

我想请您做我的代理律师。

其实他一报纪季风的名字我就猜到是谁，这名字太好记，甚至我能想出此刻他为何来电话。可我还是矜持了一下，他叫我大律师，大律师都得矜持。喂，你不是找了斯波拉律师吗？没有，绝对没有，根本没接触过！他这话让我松弛下来，纽约律师界有不成文规定，不抢同行饭碗，如果你已和什么律师接触过，在合作关系解除前，说破大天任何律师不会插手。纪季风既然没和斯波拉接触过，事情就简单很多。你怎么会找到我？我好奇地问。经常看到您的名字出现在主流媒体上，又是华人，只有华人才帮助华人，您是华人中最好的律师，我就信得过您。可你怎么又成我舅舅了，你怎么知道我在国内有舅舅？电话那边的纪季风静了一下，接着嗤嗤一笑，听上去是个朴实的中年男人。我瞎蒙的，中国人谁能没舅舅呀，怕您不接电话才这么说，千万请您原谅。这样吧，我接过话头，我考虑考虑，你留下电话，我会回复的。其实在心里我已决定接这个案子，他给我的印象不错。

2

纪季风送来对方的起诉书后不久，我和小麦克李文就决定请他到办公室来面谈。那天我特意告诉秘书玛丽，除波尔的电话外，其他都不接，留下号码，我会尽快回复他们。多尼父子的代理律师斯特劳斯先生已向外界披露了我们正代理此案的消息，这两天媒体电话就没停过，比如哥伦比亚电视台，国家广播公司，还有《纽约时报》和美联社等，千方百计打探消息，其中也包括敦普夏牧师办公室的波尔先生。他的电话我不能不接，想让官司赢得漂亮，就需要社会舆论的支持。本来打得就是名气，没有社会团体的参与就缺少悲情。我们此刻是正义的化身，正义必须

有舆论做依托，否则顶多算正直，不是正义。法律是政治，政治是一场游戏，像十一分制的乒乓球，不懂规则干脆回家抱孩子或网上当愤青去算了。

资料显示，纪季风二十年前来自中国大陆，他在波士顿大学获得经济学博士后，一直在华尔街的李曼兄弟公司工作，目前职务是主任精算师。小麦克李文恍然大悟，我说呢，博士，还主任精算师，难怪多尼父子咬住不放，一定冲钱去的，这小子肯定不少挣钱。然而，没想到的是，当纪季风真地出现在我们面前，我和小麦克李文不得不深感意外。小麦克李文甚至失去参加面谈的兴趣，他一边朝门外走一边自言自语："玩笑，简直他妈的玩笑。"我对他的背影无可奈何，这小子像永远长不大的孩子，喜怒哀乐全在脸上。不过他说得没错，我也觉得不可思议。事后小麦克李文对我大喊：就这么个小人儿，当年袭击新奥尔良的卡特里纳飓风若是登陆纽约，早把这小子吹回中国去了，多尼父子肯定疯了，找垫背的也不看准人，什么狗屁功夫，就他，能把人家手捏碎？自己的别碎了就不错。

的确，纪季风完全看不出是个有力气的人，更不像练家子。他将近一米七的身材，关键是精瘦，脸瘦身瘦连屁股都瘦，别人的屁股叫屁股蛋子，他不行，有屁股没蛋子，长脖子下一副窄窄的肩，好像任何衣服穿上都会显大。不过有一点让我颇感震动，在他浓密的黑发下有副金丝眼镜，镜片里透出的目光异常明亮，好像并非来自瞳孔，而是某个更深邃的所在，尽管他谦恭地微笑，脸上木刻般的线条嘎嘎地起伏伸展，我还是仿佛被他的目光撞得隐隐作痛。

当然，关键是他的手，一切皆因手起，必须仔细看看这双手。纪先生，我能看看你的手吗？可以。说着他把双手摊在我面前。第一感觉就是这双手有些怪，除尺寸与其身材相比略显偏大外，整个掌面光光的，就几条主要大纹，什么智慧线感情线之类，几乎看不到其他纹络。另外他的手指偏长，上下仿佛一边粗，有些像充气玩具。我，能摸摸吗？行行，怎么都行。哇噻，这一摸让我喷饭，简直软得像乳房，根本觉不出有骨头存在，正着掰反着掰想怎么掰怎么掰，随心所欲。我立刻想到小麦克李文刚才的话：玩笑，简直是玩笑！这样的手恐怕连鞋带儿都系不紧，怎能把多尼父子的手捏碎呢？我一定让斯特劳斯律师自己握握这双手，非把他当场逼疯不可，最好在法官面前跳一曲华尔兹，谁不晓得他是奥地利华尔兹大王斯特劳斯兄弟的嫡传后人，在每年举行的纽约华尔兹节上，都能看到斯特劳斯律师的翩翩身影。至于说到中国功夫，纪先生，你练过中国功夫吗，比如像李小龙那种？说着我做了个动作，啊！纪季风的脸哗地红起来，尴尬得说不清话，我，我在大学时学过太极拳和瑜伽，可那是上体育课。好了好了，不说这个了。我干脆打断他。

通过纪季风的描述，我们对事件有了基本掌握。

两个月前的傍晚，在波莱顿公立初中的走廊上，许多学生家长正等候与班主任会面，包括纪季风。纽约公立学校的家长会是一对一，每位家长五分钟，先到先谈。等待过程中，同班同学的家长们难免相互寒暄致意。其间，纪季风与七八位家长握过手，其中包括犹太裔，德裔，苏格

兰裔，非裔，还有韩裔。至于他是否与爱尔兰裔的多尼先生握过手，纪季风的回答是，可能，不过他记不清具体情节。当时走廊乱哄哄的，有刚来的也有离开的，有些家长签个到就走，过一会儿再回来，他实在无法记住与每位家长接触的细节。再说，纪季风面带几分无奈，咱跟那些家长萍水相逢并无交情，谁会太在意。那么，如果我给你看照片，你能记起来吗？说着我把一张收集到的多尼先生的照片展现在他面前。纪季风凝视着照片，脸上渐渐掠过顿悟的神情。我记起来了，这对父子排在我前面，他们出来我进去，就在交接的瞬间，应该跟他们打过招呼。请你说具体点儿。我对纪季风的回答并不满意。哦，是这样，绝大部分家长都是自己来，只有多尼先生带着孩子。他们与班主任的交谈超过了规定的五分钟，有些家长开始敲教室的门催促他们。他们出来后先跟其他家长打招呼，最后才和我握手寒暄。照你这么说，多尼不仅和你握过手，也和其他家长握过？对。那他和你握手时其他家长看见了吗？应该看见了，不过我没留意。如此说来，你与多尼握手是在一个相对狭窄的公共场所，是当着很多人的面进行的。没错。没有打斗？没有。好，我知道了。

坦率讲，我和小麦克李文都认为此案并不复杂。小麦克说，彼得，这次干脆看我的，你就别亲自出马了。但我还是强调，不可轻敌，谁都知道斯特劳斯律师是条老狐狸，这家伙脑袋转得比华尔兹的狐步还快，何况此案影响重大，一定要准备充分。不是我不相信小麦克，我们互有所长。我比较认真细致，这大概源于中国人小心谨慎的文化传统。

而他则喜欢交际，上至议员下到餐馆招待生，都能拍肩膀。千万别小看这手，美国人，尤其纽约人，很吃这套荷花大少的海派风格，他们三日小宴五日大宴奔走来往，建立巩固的市场客户群离不开小麦克李文这份天赋。我们配合多年一路走下来，应该说十分默契。

为准备第一次上庭我们做了大量工作，不仅按时间地点和出场人物，像电影导演似的把多尼父子与纪季风当时见面握手的过程重新复原，小麦克李文还特意请他在纽约电影学院任教的朋友，用纸板做了个可移动的模拟现场，到时候就让多尼和纪季风站进去，法官和陪审团一看就明白怎么回事。此外，我们还专门请位于纽约长岛的布鲁克海文国家实验室作出一份证明书，该证明书表明，根据手骨密度阿尔马系数的平均值，每平方厘米受力须超过十三磅以上者，才可能造成手骨的弥漫性骨折，但到目前为止尚未发现人力可达的报道。我们俩信誓旦旦，认真着也轻松着，把下面的戏演完。出庭很像演戏，好律师都能进好莱坞。

3

再过两天即是庭期，万没想到，《纽约新闻报》一则消息竟将整个诉讼过程掀翻在地。早上我正在出租车上打盹儿，昨晚没睡好，半夜被电话吵醒，是个醉酒的女人要找拿破仑。我说打错了，这儿没拿破仑，拿破仑早死在圣赫勒拿岛了。可她不依不饶非说是我害死了拿破仑，怎么也

跟她说不清。太太终于被吵醒，问，这女人你认识？我怎么认识，错号。错号？太太没再多说又睡去了。她这种语气让人窝火，你什么意思，错号？不相信怎么着。可她不问我又无法解释，别扭得一夜没睡好。就这时，小麦克李文一个电话打到我手机上。

彼得，看今天报纸了吗？

没呢，怎么了？

我猜你也没看，案子有变。

有变？哪个案子？

还不是那个“小人儿”案子。

纪季风？

我七上八下赶到办公室，读着小麦克李文递上的报纸，夹肢窝儿下滴滴答答浸出汗来。消息说，最新调查显示，这起碎手案绝非偶然，而是波莱顿中学帮派争斗的结果。多尼之子与纪季风之子属不同帮派，经常因毒品买卖或追求女孩儿发生冲突。在一次争斗中，小多尼将纪季风之子鼻骨打断，并用电熨斗灼其睾丸。纪季风为此曾与多尼先生交涉，但后者拒绝配合，这才出现后来碎手一幕。

如果这是消息的全部，还不至太过惊慌，因为这仍无法证明纪季风有能力将多尼父子的手捏碎，离开这个关键，故事怎么编都无所谓。可下边的内容让我大为震惊，甚至连呼吸都急促起来。消息说，自儿子被小多尼欺负后，纪季风发誓报此一箭之仇，日日在家中苦练一种神秘的中国功夫。据纪季风之子的同班同学，一位韩裔男生披露，他曾亲眼目睹纪季风在家练功时，用手将一截橡木碾碎。橡木质地坚硬，能碾碎橡木之手为何不能碾碎手掌呢？我看见他把木头握在手里，一下就碎了。消息援引韩裔男生的话说。

我砰地从椅子上弹起来，这不仅直接涉及纪季风碎手的动机和能力，现在连目击证人都找到了，这要开庭怎么得了，非让斯特劳斯律师一剑封喉不可。小麦克李文大声抱怨道，彼得，我说不接这个案子你偏接，现在怎么样，咱俩分明让这个“小人儿”涮了，他可从没透过这些情况，我见他第一眼就觉得怪，那眼神，是人类的眼神吗？像两个宇宙黑洞能把人吸进去，本能告诉我，彼得，我们干脆放弃纪季风，咱别再陪他玩儿了。

我并不介意小麦克李文怨天尤人，公子哥儿都好易起易荡，但轻易言退纯属屁话，太草率了。我极力让自己冷静。麦克，就算一开始我把问题想得太简单，是我的错，但与其现在论进退，不如好好分析案情，看下一步该怎么做。怎么做，照我说就一个字：撤！别激动麦克，你说斯特劳斯律师看到这则报道会干什么？干什么？我觉得吧，麦克，如果报道属实，既有动机又有证人，那就涉及仇恨犯罪，不再单纯是民事案了，这条老狐狸一定正与地区检察官联系，力促检查部门介入，在民事诉讼同时，开辟刑事讼诉第二战场。到那时，纪季风很可能被捕，交保候审，我们面对的将不仅是斯特劳斯律师，还有地区检察官，你想过吗麦克，局面会变得非常复杂。所以我说放弃，彼得，

所以我说放弃！放弃？如果我们什么都不做，就这么放弃了，如何向新闻界交代，如何向民权领袖敦普夏牧师交代，如何向你老爹老麦克李文交代，咱们岂不身败名裂，往后还怎么混，你算过这笔账吗？小麦克李文板着脸，不吭声。麦克，换个角度再想想，即使报道中这个韩裔男生存在，想做实纪季风碎手案也绝非易事，因为技术难度太大了。再说这仅为一例孤证，十几岁孩子的心理很脆弱，几个问题就能将他逼疯，让其在陪审团面前失去信誉，比如，他怎能证明纪季风练得是中国功夫而非日本功夫，他懂多少中国功夫？还有，他凭什么说那是橡木而不是枫木或柞木，给他两块儿木头能分出来吗？他提供的细节越多漏洞越多，我们攻破他的机会也越大。只要证明不了纪季风碎手，该案就无法成立，只要该案无法成立，我们就是正义化身，种族歧视的帽子就戴在多尼头上。麦克，我们胜算仍大，应该走到底，你不觉得吗？

小麦克李文紧绷的目光开始松弛，他在我面前踱来踱去。彼得，我实在咽不下这口气，我最讨厌自作聪明的家伙，见都不想见他，更别说为他打什么官司。你错了麦克，我们不是为纪季风工作，是完全彻底为自己工作。特别此时此刻，纪季风必须为我所用，成为我们突破乌江的工具。什么江？乌江，以后再说这个，我们必须迫使纪季风明白，只有与我们配合，否则将面临倾家荡产妻离子散，甚至坐牢的后果。对，把这小子扔监狱里去！小麦克李文怒吼着。现在还不行，麦克，律师玩儿得就是心跳，咱俩绝不能栽在这个案子上，如果连自己的信誉都保护不了咱还当什么律师。我以为，我们必须马上做三件事……

话音未落，只见秘书玛丽正在门口等候，目光满载迟疑。我猜到了，《纽约新闻报》的消息一出，肯定会有很多媒体来电询问。我对玛丽说，告诉记者，律师还没时间对今天的新闻发表意见。另外，我说过，除波尔办公室的电话，其他一律不接。说完我发现玛丽依然神情困惑，毫无走开之意。怎么，是波尔？她艰难地点点头。波尔肯定看了报道沉不住气发火了，娘的，这帮政客翻脸跟翻书一样！我禁不住大骂起来。小麦克李文将手按在我的肩头，彼得你忍住，这小子很难缠，我会请海曼参议员搞定他，千万别跟他硬来。

波尔在电话里用打嘟噜的西班牙式英语对我大喊大叫，说他完全被我们误导了，纪季风一案只是单纯的帮派火并，根本无关种族歧视，敦普夏牧师的脸面都丢尽了，我们必须为此负责。我心想，这个来自牙买加的波尔不知中的什么彩，竟混上这么桩美差，除了吃香喝辣就是张口骂人，忒招人恨。不过我牢记小麦克李文的劝告，耐着性子听他咆哮，同时也思考着对策。我非常明确此刻不能失去波尔的支持，现在的关键是让检察官不要轻易介入此案，争取时间，让我们有机会对这名韩裔男生进行评估，最好能将其证人资格摧毁在萌芽状态。而波尔人脉广泛，与检察官办公室周旋少不了他的帮助，好在此刻他和我们同在一条船上，即便夸张也得把他稳住。想到这儿我说，波尔先生，将此案断为种族歧视的并非本律师楼，我们接案前你们已发表过支持纪季风的声明了。一听这话波尔又声嘶力竭要

与我争辩。波尔先生，请允许我把话说完。即便如此，我们仍坚信报上所说那个韩裔男生无力证明多尼父子的手是被纪季风捏碎的。这将是多尼的死结，只要无法证实碎手纪季风就无辜，只要纪季风无辜我们就只对不错，不是吗？

彼得，这韩国小子不会翻船？

哪儿那么容易，你想哪儿去了。

你搞得定？

搞得定。不过我需要你帮个忙。

说，你快说。

劝地区检察官慎重，不要轻易介入。

行，这我去谈。

聊到最后波尔的口气缓和下来，甚至开始说东道西，恢复他平时闲拉胡扯的腔调。他说威廉斯堡桥下的“毕德鲁格”牛排馆儿味道不错，你知道好牛排必须先发酵吗？不是肉越新鲜越好吃，得先发酵，温度时间，秘诀全在于此。彼得，下次我请你。放下电话我觉得两边夹肢窝儿下，汗水像小溪般哗哗流淌。

4

刚才被波尔电话打断的三件事头一个就是向法官申请延期开庭，由于案情出现变化，诉辩双方都需时间做出对应，延迟开庭是理所当然的。这事并不复杂，由玛丽去办就行，实际上她已在准备文件了。第二件事就是要尽快摸清地区检察官的意向，看他们反映如何。虽然这件事波尔答应去做，但我仍放心不下。这小子蹦蹦跳跳有点儿三脚猫，我们自己必须也有所动作才对。

我认识地区检察官的一名华裔助理，陈子昂，跟那个“念天地之悠悠，独怆然而涕下”的唐代大诗人同名同姓。他是我哥大法学院的校友，在当年轰动一时的“清客”事件中我俩曾并肩作战，颇有“战友”情谊。知道啥是“清客”吗？字面上就是清朝人的意思，但极具侮辱性。它源自日本，《马关条约》后的日本人就用该词表示对中国人的蔑视。后来传到美国，美国人辱骂华裔时就用“清客”，充满种族歧视意味。李鸿章当年签《马关条约》时或许想不到，几秒钟的签字竟是多少代同胞用血泪洗不清的屈辱。那年美国国家广播公司一名记者在播报新闻时竟引用“清客”一词，引起广大华人和其他少数族裔的极大愤慨，他们纷纷抗争，最终迫使该记者道歉了事，陈子昂就是当年抗争的主要领袖之一。

子昂，我是彼得，你好吗？

彼得啊，我还好，不过……

你很忙吗？

我现在不方便跟你聊太多，抓紧时间吧。

好，明白了。谢谢你子昂。

我握电话的手微微有些颤抖。小麦克李文注视着我，

像等待判决一样默默无语。我一把揪住他，麦克，我们还有时间，动用你一切力量，尽快弄清这个韩国男生的底牌，他是在何种情况下看到纪季风练功的，他与多尼父子到底什么关系，他究竟有没有法律资格成为本案证人？我呢，马上“提审”纪季风，说提审一点儿不冤枉他，这小子必须讲清全部实情。咱们必须立即行动，越快越好。娘的，我就不信毛头小子能翻三尺浪。为什么是三尺？三最大。三最大？对，三最大。

大约一小时，纪季风出现在我的办公室。一见他我就破口大骂，你这个骗子，不知天高地厚的蠢货，你以为瞒得住吗，太不了解美国了你，美国人想整你什么都干得出来，活该，等着妻离子散进监狱吧，没人帮得了你！

纪季风无语，只是不停地抽泣。泪水打湿了他的瞳孔，却并未彻底挡住黑洞般的目光，在他呼吸的起伏中，我仍感到一丝明亮时隐时现。我开始清嗓子，试图让自己平静下来，咳咳，这么说，今天报纸你看了？纪季风边点头边擤鼻涕。那你为何不说实话，你知道后果将是什么吗？我愤怒地追上一句。纪季风试图止住断续的抽泣，他接下来讲述的故事，却让我很难继续诅咒他。

纽约波莱顿初中，仅仅一个初中，竟是帮派猖獗之地。那些美国学生，不知因成熟过早还是胎里带的，十四五岁已是江湖老到，抽烟喝酒追女孩儿，表面上看去风平浪静，实际则因循一套帮派的潜规则行事，小多尼便是一个帮派的头领。这小子看去个儿大膘肥幽默开朗，骨子里却是个下流成性手段凶狠的小恶棍。他有两好，一是好色，二是专门欺负亚裔，特别后一条，已到肆无忌惮之地步。比如小多尼爱吃中餐，逼迫班里亚裔学生轮流给他带中式午餐，否则就拉到校外扇嘴巴。为何是校外？校外学校管不着，告老师也没用。纪季风之子小纪季风每天带的午餐越来越多，家长问他只说不够吃，原来他被小多尼的嘴巴扇怕了。此外，小多尼的烟酒钱几乎全部来自亚裔同学。他甚至将大麻带入学校，强迫亚裔同学购买，五块钱一小包，不买就撕作业连打带骂。有一次不知他从何处弄来一条假辫子，放学路上逼迫小纪季风戴在后脑勺上，说他爸爸告诉他，中国人都该有辫子，没辫子算什么中国人。他们一群追随其后嘲讽辱骂，小纪季风只得戴着假辫子一路哭回家，快到门口儿才被他们摘下，呼拉散去。

有目击证人吗？这违犯联邦法，是货真价实的仇恨犯罪。

几个学生和邻居当时在场，就不知他们肯不肯……

接着说吧。

几年里不断有亚裔学生家长向学校告小多尼的状，都被学校以查无实据不好处理搪塞回来。为此纪季风曾约出多尼，请他到长岛著名的“橄榄园”意大利餐厅吃饭，恳请他管教孩子，别再做过分之举，并愿为此包揽小多尼每日的午餐，说到做到。没想到的是，多尼拒绝了他的请求，还说纪季风根本不懂美国文化，在美国人人都这么长大，如果纪季风实在无法适应的话，就该考虑回中国去。此后，

小多尼不仅毫无收敛，还变本加厉。说到这儿，好像什么触到纪季风的痛处，他重新陷入抽泣。我叫玛丽拿来矿泉水和纸巾，玛丽不懂中文，她看到纪季风悲伤的样子，脚步轻得像迈克尔·杰克逊的幽灵蠕动。我沉默无语，静静等待着。

大约半年前的一天，小多尼又向他几位同伙提到亚裔人的生殖器问题。这是老声常谈，美国社会流传着一种成见，亚裔人种的性特征远远小于其他种族。小多尼问，先有鸡还是先有蛋，是亚裔女人的阴道过窄，造成男人阳具过小，还是相反呢。他炫耀说，亚裔女生的滋味他已尝过，确实很窄。这里要插一句，小多尼此言多半属实，班里有个台湾来的女生突然转学，连家都搬走了，完全不知去向，很可能与此相关。现在他问的是，亚裔男人的阳具到底有多小，为何不看看小纪季风的鸡巴一探究竟呢？于是他们把小纪拉到厕所，强行扒掉他的裤子，却发现那东西一点儿不像他们想象得那么短小。这让小多尼无法容忍，他从学校清洗间抄出一把电熨斗，非要将小纪季风的睾丸熨平。小纪拼死反抗，结果鼻梁骨被打裂，还被威胁道，如将此事传出，一定骟掉他的蛋！“这是要绝我的后，绝我的后呀！”纪季风痛不欲生。我发现他痛不欲生时，眼神尤显彻亮。

此后纪季风欲联合其他亚裔学生家长，向校方反映小多尼的劣行。但终因锣齐鼓不齐未能奏效。比如报上说的那个韩裔男生，单亲家庭，明明受过小多尼的欺负，但他母亲却不肯出面讨公道。孤儿寡母可以理解，但这小子受了气就跑到纪季风家抱怨，可怜得像只猫，过几天又去投靠小多尼，翻来复去没个准注意。

我正想问你，他是怎样亲眼目睹你捏碎木头的呢？

纪季风的目光刹地竖起来，翻滚的泪水突然被什么吸光。胡说八道，他纯粹胡说八道，什么木头，是块干面包。干面包？对，干面包！是这么回事，我家养了几只虎皮鹦鹉，就是叽叽喳喳乱叫那种，我总用面包渣儿喂它们，如果当着那小子的面我捏碎过什么，除了干面包绝无他物。干面包块儿远看很像木头，我坚信要么他误以为是木头，要么故意编造，这小子说话根本不靠谱儿，王彼得大律师，你千万别信他，我哪儿有本事捏碎木头呀。说着纪季风从书包里取出块棕色物件，几乎伸到我眼前才认出是一块犹太人喜好的蕾式面包，完全干枯了。果然，远看说它是木头一点儿都不过分。

你确定就这东西？

百分之百确定。

他是在什么场合看到的？

客厅，我在喂鸟，他们在做功课。

距离多远？

大约十来米。

我接过干面包看了又看。玛丽，你过来，能看出我手里是什么吗？别走得太近，就站在那儿看。玛丽也是犹太人，对蕾式面包肯定非常熟悉。她站在门口儿犹豫着，木

头，猕猴桃，海绵。难道不像蕾式面包吗？嗯，像，也像。

5

夕阳衔山，街灯耀眼，曼哈顿的黄昏风情逼人。

下班后我没立即回家，而是走进离办公室不远的“密亭”酒吧，让自己平静平静。这里我是常客，它的拿手戏“旧金山彩虹”是我最喜爱的鸡尾酒。还有那位善解人意的调酒女，不知该不该称她“酒娘”，像“船娘”，“舞娘”一样。她调的酒很像她的年龄，是我心中永远的谜团。每当看我走进，她总对助手说，“来，我来”，并会亲自将调好的酒，玲珑剔透地放在我的面前。我们鲜有交谈，至今都没弄清她的姓名。不可思议的是，每每品尝她调的酒，款款贴近我当时的心境，让我有孩子般的感动。我坚信这绝非巧合，她是个天使，在用神赐的灵性调酒，伏特加多少，杜松子酒多少，果汁多少，苏打水多少，一切均按诗歌的韵律搭配，那种感觉，惶惶然地美妙。不过今天的酒，分明有些淡了。我未能在确定的时刻找到确定的心跳，就像在确定的柳梢下，未能见到确定的衣香人影一样。我下意识朝她一瞥，她却将回避的神情撒落在匆忙的转身中。

我的思路咣地又回到案情上，是啊，此刻不该是我的沉浸时分，其实我并无这份闲情。纪季风，当然还是纪季风，他无声的哭泣和蒸腾的泪水，让我挥之不去难以排解。种族纠纷一直是纽约公校的顽疾，我上中学的那所学校，曾发生过亚裔学生因无辜被殴而集体罢课的事件，还上了电视。就算纪季风说过慌，就算美国人的哲学是不相信说谎者，但他讲述的诸多情节像画面一样从我心头掠过。那个邪恶的小多尼，砰砰砰直敲我脑浆，连他的呼吸都能感到。更有甚者，纪季风儿子遭遇的某些细节恰恰我也经历过，当年我们班也有突然转学的女生，徐茉莉，对，是叫徐茉莉，她的奶子一点不比老外女生的小，上体育课时在胸前四处乱窜，像两只赛狗，不就突然消失了？她的全家，连同戴眼镜的父亲和发型整齐的母亲，不就一夜间蒸发了吗？难怪呀，难怪她消失的几天前上世界史课时，当时在讲中国的共和制，她问我，是袁世凯暗杀宋教仁还是宋教仁暗杀了袁世凯？我笑喷，笨死你，当然袁世凯暗杀宋教仁啦。就这个笨字，让徐茉莉哭得昏天黑地，怎么哄怎么哭，不肯罢休。我送她回家，对她母亲说对不起。她母亲也在流泪，说不赖我，不是我的错。徐茉莉的脸，她的奶子，还有她母亲滑溜的头发，都在眼前浮现。

经验与直觉告诉我，纪季风的描述不像天方夜谭，除了他儿子在学校的种种痛苦经历，蕾式面包这个细节鲜活生动，绝不像编的。如果玛丽都难以分辨，那个韩国小子的可信度就更微乎其微，即便让斯特劳斯律师自己站在十来米外看，也只能模棱两可。可以预期，无人能百分百确定纪季风捏碎的是橡木，加上我们原有的大量准备工作，推翻对纪季风碎手的指控应该是有把握的。那接下来怎么办？我看一不做二不休，索性借着惯性将多尼父子涉嫌的种族仇恨问题做实，打一场战略反击战，借助波尔先生和地区检察官办公室的力量，将多尼父子绳之以法，给被他

们欺负的少数族裔出口恶气。要把动静搞大，越大越好，多行不义必自毙，多尼父子本该是这场诉讼案的牺牲品。为此，对纪季风的陈述必须再做核实，所有证据都须坚挺。小麦克李文正在为此忙碌，我已要求纪季风尽快提供一份名单，把与他有类似经历，并愿接受询问的同学和家长名单全列出来，一个不能少。他表示就这一半天会把名单交到我手上，立功赎罪，决不再让我们失望。好，很好。待一切准备就绪，我们将给多尼父子一记组合拳，彻底打懵他。

不知不觉，杯中的“旧金山彩虹”所剩无多，我的思绪也渐渐清晰了。窗外叮叮咚咚的灯火起伏不定，把曼哈顿像电影片段似的飘舞起来。差不多了，该是归家时分，与酒为伴的时光往往比平常更快，刚才还嫌酒调得偏淡，此时竟觉得一切都恰如其分，恍如喂婴儿的奶瓶一样。我缓缓起身，正准备离去，突然几许喧哗从身后传来，一个声音高叫着，妈的，今年的奥斯卡不给大卫·芬奇真是瞎眼了，《贫民窟的百万富翁》纯属粗制滥造，怎能跟《本杰明传奇》相比？奥斯卡是一年年堕落了，堕落成卑鄙的意识形态工具。我忙转身，这声音太熟悉了，不是老头儿斯波拉吗，那位嗜酒如命的斯波拉律师。我俩的办公室相距不远，他也是“密亭”酒吧的主顾，我们经常在此相遇。不过他喜欢喝烈性酒，俗称“石块儿”的苏格兰威斯忌，而且不醉不休。电影无疑是他的最爱，如果改行当演员或影评家他一定能做得更好。今天他显然又喝高了，一听调门儿就知道。我正欲上前跟他招呼，他已发现我，不容分说拦腰叫住。

彼得，你看上去信誓旦旦，好像刚作了什么决定？

是吗，哪儿的话，但愿你是对的。

让我猜猜，准备跟多尼那个混蛋决战？

哪里哪里，我应该有更多选择。

老头斯波拉的敏锐和单刀直入让我十分意外。看来这老头儿没醉，或者说浅酒微醺能让人更加敏捷。不过，他有什么潜台词吗？我陪他重新落座，又叫来两杯“石块儿”与之共饮，想听听他下面怎么说。

接下来的斯波拉好像真醉了。他把话题拉回到电影上，彼得，看过《本杰明传奇》吗？看过，不错。不错吧，我说什么来着，我说什么来着，本杰明在北大西洋上当水手那段儿，彼得，你说得清北大西洋的水有多深吗？那只德国潜艇可是突然冒出来的，像个巨大怪物。对对，那年我去康州的格罗顿港，美国的潜艇都是那里造出来的，彼得，你知道当地人管潜艇叫什么？什么？海洋之屌，哈哈哈，海洋之，哈哈哈，之屌……斯波拉的喉音浸满酒气，身体也在颠簸摇晃，仿佛本杰明乘坐的那条货船。我把他扶回座椅，斯波拉先生，对不起，我得回家了。正欲转身，斯波拉突然冒出一句：彼得，像纽约人常说的那样，悠着点儿。

6

小麦克李文带回的消息大大出乎我的意料。

隔天早上他走进办公室时，一听口气就非同寻常。他把公文包啪地摔在办公桌上，背着身横着脖子说，完了完了，我办不了这屁事，彼得，你怎么老把这下三烂的活儿交给我，告诉你，我办不了，你就做好崩盘的准备吧。

有这么严重？我焦急地问。

麦克，你要咖啡吗？玛丽也试图缓和气氛。

麦克慢慢慢慢转身，面部表情夸张得像一幅门神。他哗地搂住玛丽，惊得玛丽哇哇大叫。麦克喊道，彼得，你这该死的，我都他妈办成了！办成了，你什么意思？麦克哈哈爆笑起来，信不信由你，一切比你想象得还带劲儿！

情况确如纪季风所言，这名韩裔学生生活在一个单亲家庭，母亲以开指甲店为生。开始时这位母亲很强硬，根本拒绝麦克的询问，别说进门，最后连电话都不接，显然早有准备。无奈之下麦克只得动用私人关系，到当地派出所查案底，碰碰运气。结果一查方知，这位开指甲店的单身母亲居然有两次卖淫被捕记录，最近的一次于三个月前，她目前仍按规定，必须到政府开设的从良班学习。哈，天无绝人之路，竟有这么巧的事，小麦克正是利用这张王牌撬开该女士的门。这听上去虽说有点儿不地道，踹寡妇门，刨绝户坟，扒人家屎盆子。那你说怎么办，用麦克自己的话说，操，你说，除此之外我能做什么？本来吗，法律跟道德有个什么关系，讲道德还要法律干什么，完全两码事。

不仅如此，那个韩国小子更乏善可陈。学习差就不说了，还有旷课，考试作弊，甚至在校内贩卖大麻的记录，险遭开除。这种人你说有什么信誉，他的证词能有多少分量，不明摆着嘛！小麦克掰开了碾碎了劝这对母子，立即远离碎手案，因为后果他们无法承受。一切都将被剥得精光，赤身裸体在公众面前审视。甭管多尼许诺你们什么，什么，事后帮你在曼哈顿盘一家指甲店？问题是，你们的证词管用还好办，不管用呢，而且现在看来很可能屁用都不管，多尼还会兑现他的话吗？说到底，最终被羞辱被损害的只能是自己的声誉和平静生活，明明毫无胜算，干嘛非为一个八杆子打不着的人，凭白无故赌上现有的生活呢。再说了，小多尼真值得你们做如此牺牲，他就没欺负过你们？就说你贩毒这事，我怀疑必跟小多尼有关，没说错吧？你看，既然如此，怎能还帮他呢？小麦克这番话，一波波无疑充满震撼效应，说得韩裔母子方寸大乱，从根儿上瓦解了他们的侥幸心态。

那最后呢，最后怎么说？我迫不及待要知道最后结果。

小麦克刷地亮出一脸不屑，最后，尽管他们还有些磨唧，最终还是跟我签了这份协议，表示无意卷入这宗碎手案。他们签了？签了。哇，麦克，你小子真不是盖的，太了不起了！麦克接着说，我建议他们外出度个假，比如回汉城探亲，机票我想办法。他们正在考虑，我会继续与他

们联络的，不过……不过什么？不过那韩裔小子非说，他的确看到纪季风将一块木头碾碎。嗨，别听他的，这事儿我已弄清楚了，根本不是木头。不是木头？对，是块蕾式面包干儿，纪季风在用面包渣儿喂他的虎皮鹦鹉。说着我把纪季风留下的那块干面包递给麦克。他拿在手里左瞧右看，让我忽有所悟。麦克，你问得太好了，我们应向业界人士，比如宠物店，确认一下虎皮鹦鹉到底吃不吃面包渣儿。是这话，别让这小人儿再给咱蒙了，一想起他的眼神儿我就犯嘀咕。没错，我这儿有我家附近那间宠物店的名片，现在就打，麦克，你来打。我边说边将随身携带的记事本翻开，取出名片递过去。不巧的是，小麦克拿都拿到了，没捏住，那张名片忽忽悠悠飘进办公桌与墙壁间的缝隙里。缝隙很狭小，我和麦克的手伸不进去，玛丽的也不行。我们试图挪动桌子，可那张巨大的老式写字台是全金属的，死沉死沉，加上长久未被移动过，估计有的地方都和地板粘住了，纹丝不动。

忙乱中，我们正急于取出那张名片，只见纪季风这时推门进来。他看我们正俯身寻找什么，不禁好奇。

王大律师，您这是……

纪先生啊，你怎么来了？我有些意外，因为他没打电话。

我给您送家长名单来了。

这么快，好好，给我吧。

您这，找什么呢？

一张重要的名片掉进这里，够不出来。

纪季风上前看了一眼没吭声。小麦克一看纪季风进来，马上转身回他自己办公室去了，他不喜欢这个“小人儿”。我浏览了一下名单，随即去找玛丽，请她复印留底，并尽快安排电话约谈。纪季风的名单上有大约二十几位家长，从名字拼写上辨认，除亚裔外，也有少量白人。这很好，更有说服力，说明小多尼的所作所为失道寡助，这对最终做实他们的种族仇恨罪，是不可缺少的重要人证。到时候可根据电话约谈的结果，有一个算一个，能拉的都拉到法庭上去狂轰滥炸，非让精明的斯特劳斯律师当场昏厥不可。我嘱咐玛丽，电话约谈的内容要简洁扼要，你起草一个提问清单让我看看，还有授权书，准备好了交给我。

当我重返办公室时，纪季风仍站在那里。他脸上的笑容有点儿怪，仿佛想说什么。我告诉他，你可以先回去，我们再跟你联络。好好，那我先走了。就在纪季风踱出办公室的一瞬，他转身提醒我，王大律师，那张名片我给您够出来了。真的吗？这时我也发现了摆在我面前的名片，顿时明白刚才他那个微笑的含义。谢谢你啦。我起身送纪季风出门，顺便走向小麦克，把名片递过去。

回到办公室越想越疑惑，于是我把手再次伸向写字台与墙壁间的缝隙，进不去，完全没可能。我突然发现靠墙处的那只桌子腿儿与地板间，露出一线似有若无的空隙，桌子好像刚刚被移动过，可那空隙很细很细，像又不像。我试图挪动一下桌子，跟原先一样，死沉死沉，还是纹丝不动。

7

一切看来都已就绪，就像生火起锚的泰坦尼克号，离岸的缰缆正绷得嘎嘎作响，电影里还怎么演的？好像还有啊啊的大合唱在背景绽放。由于媒体报道的严重失实以及韩裔母子的声明退出，地区检察官办公室已明确表示，他们不会卷入纪季风碎手案，无证据显示纪季风有刑事犯罪的嫌疑。既然如此，我和小麦克李文一致认为，下面的行动应该是乘胜反击，力将多尼父子绳之以法。我们初步计划是，将碎手案与多尼父子仇恨犯罪脱钩，在应对碎手案民事诉讼的同时，积极准备证人证据，一旦条件成熟，移交地区检察官办公室，通过他们对多尼父子违反联邦法的仇恨犯罪提起公诉。其实这一套正是斯特劳斯律师想对纪季风做而未做成的，他们启动的达摩克利斯剑现已高悬于自己头上。

整个形势在向我们倾斜，但这未必都是好事。我发现中国古老哲学确有它博大精深之处。福兮祸之所伏，祸兮福所倚，矛盾转化的过程往往充满变数，因为这里有太多真空需要填补。西方文明也有类似观念，比如英文里有，幸运与不幸是一口井里的两只篮子。有点儿意思，但远未达哲学高度。令我们意外的是，波尔先生竟成了这样的真空，在我们完全不设防的后方掀起波澜，让我们深感被动。这个自鸣得意的牙买加移民为抢头功，根本没与我们商议就召开记者会，在大肆抨击多尼父子仇恨犯罪的同时，竟过早向媒体披露了我们当前的主攻方向。如此一来，媒体的注意力全部转向我们，给我们带来极大负担。此外，检察官办公室也倍感压力，他们为凸显公正与中立，不得不对我们的取证更加审慎严格。最重要的，我们原本进退自如，有较大的战略空间，现在则必须像过河卒子向前走。这不得不令人怀疑波尔先生的真实动机，是轻浮还是狡诈？尚未出师就来个措手不及，心理上给我们带来不祥的阴影。我在电话里怒斥波尔，他却大耍无赖向我道歉，还胡扯什么“毕德鲁格”牛排馆儿，彼得，今儿，咱就今儿，今儿晚上我请客，当面向你赔不是，保证下不为例，怎么样？呸，你个王八蛋！没敢说。

现在问题是，地区检察官办公室的陈子昂坚称，对仇恨犯罪之确认不光要有瞬时证据，换句话说就是不光要抓现行，还要有编年的长期的证据。我问陈子昂非要如此吗？他强调说，仇恨犯罪不像强奸杀人，它涉及意识形态，必须证明犯罪者有犯罪积淀，才能证明他对受害者的伤害属于仇恨犯罪范畴，并以此诉刑。让陈子昂这么一说，我们不得不对取证方法做出调整，以突出时间的因素。我和小麦克李文将所有已获得的证人证据，按时间顺序重新捋出一条近两年的时间线，在不同点上均有证人证物对应。小麦克还有个建议很具启发性，这或许与他的犹太裔背景相关，彼得，纪季风是主要当事人，他的证词格外重要，为何不让他把与多尼父子互动的过程，按时间做个排列，像大事记一样。你是说，小麦克的提问一下让我想到最近报章广泛报道的美国克里夫兰市的纳粹党卫军审判案，受审

的是一名年逾八十岁的男性，他曾于二战时在犹太人集中营当卫兵，审判他的证据就是一本日记，一名犹太受害者的儿子在清理房间时发现的父亲的遗物，里面记述着当年党卫军迫害犹太人的情景。麦克，你是说像审判党卫军那样？没错，这同样也是仇恨犯罪，不是吗？是呀，太对了，你太有才了。

可是纪季风起初的态度十分迟疑，他对我眨着眼睛，强调自己并无写日记的习惯。我严肃地对他说，案情虽说开始对我们有利，但无人能保证胜诉，我们仍须竭尽全力。此时若不置多尼死地，日后他就可能要你纪季风的老命。躲得了初一躲不过十五，不怕贼偷就怕贼惦记，这些中国谚语我父亲常讲给我听，想必你更懂得其中真谛。作为主要当事人，你不帮助自己，没人帮得了你。我再说一遍，不一定非得是日记，任何文字，图片，或各种与此相关的的证物都行，你到文具店买个大本子，把所有证物按时间顺序贴起来，一页页贴下去，能贴多少贴多少，然后在每页上签字后交给我，怎么样？纪季风没说话，只是微微点头，他的目光依旧有些神秘，脸上的线条嘎嘎作响，让我无法确定他一定会照我说的去做。直到几天后的那个下午，他重新走进我的办公室，把两只鼓鼓的本册整齐地放在我面前，让我突然有种异样的感觉，眼前这个被小麦克称为"小人儿"的人其实并不小，不仅不小还有些深不可测，如果一个人总让你感到他处处"有备而来"，你难免会诧异，这种感觉像粘在开司米毛衣上的落发，时隐时现挥之不去。

然而此刻我和小麦克李文无暇顾及纪季风的人格，我们最关心的是他上交的这两本“大事记”的价值。法律界常说，证据就是一切。法庭只在乎证据，能证明给陪审团看你就赢，否则玩儿去。那天晚上我和小麦克谁也没离开办公室，玛丽给我们叫来披萨饼和啤酒，我们要好好评估一下这两本记录的含金量。

让某人改变对另一人的看法并非易事。至少小麦克李文对纪季风的成见是非常深的，因为后者说过谎。纽约的风气很怪，一边痛恨说谎，一边说谎成风，没钱的说有钱，结婚的说没结，不喜欢的说喜欢或相反，这都恐怕是市场经济硕果仅存的文化特征。即便如此，当小麦克翻过几页纪季风的记录后，居然“我的天，我的天”地嗷嗷叫起来。他说他从未想到世上竟有这种人类，记忆力好不说，还能将这么多单据找出来，你看看彼得，连他与多尼在长岛“橄榄园”餐厅吃饭的收据都保留着，这都多久的事了，小人暴动真可怕真可怕，这个纪季风太可怕了。听他如此感慨我不禁莞尔，苏联电影《列宁在十月》里就有“小人暴动真可怕真可怕”的台词，看来这不过是犹太人的口头禅而已。几分钟前还骂人家“小人儿”，现在又说人家可怕，是小麦克李文太过孩子气，还是纪季风真的非同凡响。

令人惊讶的是，该记录里包含七份离婚协议书，均用中英文双语书写，其中三份有某律师楼的入档日期及编号，也就是说，纪季风与太太至少三次通过律师办理过离婚手续，很可能于最后时刻撤回申请，未让法律程序走完。这样的法律文本堪称“完美证据”，一是时间清楚，不可争辩。二是为其办理离婚的律师必然成为本案证人，律师出

面作证的隐性价值更高。最最重要的是离婚协议内容，每份协议的第一款均指责纪季风不能在儿子受欺负时保护儿子，未尽父亲的应尽之责。其中一份还具体提到“未能在儿子遭遇同学小多尼欺负时保护儿子”之语，这就为做实多尼父子仇恨犯罪又提供了一份异常坚实的佐证。小麦克开始手舞足蹈了，开始谈论为什么越来越多的新科女律师偏偏选择首都华盛顿作为起家之地。为什么？跟我装糊涂是吧彼得，谁不知道华盛顿的核心就一个字：性。那些小妞儿都是去找背景拉关系的，若能搞定个部长或议员当老公岂不更好。

小麦克李文轻松调侃，我的思路却并没跟随他。我发现在最近的三份离婚协议中，竟有一款涉及房事，英文这样写着，纪季风长达半年之久拒绝房事。而中文则写得是，纪季风以养元气为由长达半年拒行房事，未尽丈夫之责。养元气，这算什么理由？小麦克追问何谓元气？元气，我说不好，元气应该指生命之本，元气壮则身体壮，元气弱则身体弱。那能把它测出来吗？不能，我想恐怕不能，这东西看不见摸不着，连说都很难说清。啊哈！小麦克一声啊哈让人觉得他恍然大悟。他说，狗屁元气，还是听我的吧，彼得，这方面你不灵。我不灵，我结婚生子的倒不如你这条光棍儿？行了吧你，一听就外行，这跟结婚生子没关系，是这么回事，医学上管这叫“性交选择性中止”，跟阳痿两码事，这是人们长期背叛本能，最终被本能背叛的结果，不信你换个人试试，马上行，动物园的狮子老虎男女混居久了也一样，这方面人类和动物没鸟区别。人类性功能直接听命于潜意识，而理性会干扰潜意识，干扰来干扰去形成反射，潜意识罢工了。比如咱俩，我要是老欺负你你能痛快吗？有道理，不过麦克，这个问题不多说了，我们应告诉纪季风，如果对方律师提出“中英文版本不一致”的问题，我们的答复是：一切以英文为准。行，没问题，可是彼得，我怎么觉得你更像理性而我像潜意识呀。去你的，喝酒还堵不住你的嘴，怎么，这么快你就把一箱啤酒全喝光啦！

正当一切稳步前行之际，我们突然接到多尼父子的代理律师，斯特劳斯先生的电话。当时我正为另一个案子出庭辩护，电话是小麦克接的。

他怎么说？

他说想请咱俩吃饭，私人聚会。

在什么地方？

俄国茶室，他说那是你最放松的地方。

什么意思呀他？

我也这么说，可他说是投其所好。

到底要什么把戏，这条老狐狸！我想起去年在纽约华尔兹节上，我与斯特劳斯律师毗邻而坐，聊了很多。他说其实华尔兹并非他的首选，他最喜爱的是合唱艺术，当时他还担任着圣方济天主堂的合唱队指挥。我对他说，我父亲带我去过列宁格勒国家大剧院，在那儿聆听过苏联红军红旗合唱团的演出，非常壮观。天啊，那是世上最棒的合

唱团，真巧，我也现场听过。斯特劳斯律师激动得翘起胡子，显得手舞足蹈。接着他居然能将红旗合唱团的拿手曲目《格林卡》，《喀秋莎》，还有《苏里柯》等唱个大概齐，他的高音很干净，《格林卡》里有个长长的“啊”，很长很高，否则就不够味儿，斯特劳斯律师唱得非常到位，让我热泪盈眶。我想起已故的父亲，是他带我走近艺术，他也将自己化作艺术融进我的身心。

可是俄国茶室，投其所好？我连忙给俄国茶室拨电话，果不其然，红旗合唱团最近恰在该处驻唱，原来如此啊。唉，说来真可悲，当年光辉灿烂的红旗合唱团在苏联解体后也分崩离析了。其中一部分犹太裔演员，应说是残部，靠唱堂会，餐馆驻唱为生。几年前我曾在纽约布赖恩海滩的小敖德萨餐厅听他们唱过，陈旧的军装和黯淡的眼神，让人不禁为艺术家的沦落长长一叹。斯特劳斯律师选择这样的情景约我们见面，麦克，你说为什么？我看他想和解。没错，他们一定是想和解。

8

箭在弦上不得不发的感觉颇似行房的最后一瞬，激流奔涌与一泻千里是任何理由无法停止的。我们断然拒绝了俄国茶室，而选在相同时间与陈子昂会面。这是与地区检察官办公室的正式磋商，玛丽的笔记做得非常精细，什么地方应该补充签字，哪些文本需要修改格式，尽管十分琐碎，我们力争做到一丝不苟。最后大家基本敲定，下周向检察官办公室正式移交文件，他们在做出必要的调查核实及认证登记后，估计个把月，将向曼哈顿南区法庭对多尼父子提起公诉。

纪季风得知这个消息后那天来到我们办公室，他的表情很审慎，既不大笑也不小笑，只是嘴角微扬，眼神反倒模糊起来。他说今天来是专为请我和小麦克吃饭的，要把错过的那顿俄国茶室补回来。我认为没必要，现在高兴为时过早，纪先生你别客气，我看吃饭就免了吧。小麦克则不以为然，为什么不，我们不该给自己多一些鼓励吗？他一改往日对纪季风的冷淡，两人聊得起劲。纪，能问你个私人问题吗？你问你问。你那个养元气是怎么回事，养元气就不上床？纪季风的脸哗地红到脖子。我连忙打圆场，麦克，你怎么哪壶不开提哪壶！小麦克一脸无辜，我可是好意，本想给他介绍个非常棒的催眠术大师，帮他唤醒潜意识，有什么错吗？原来这么回事，那你为何从未跟我提过？我装作很意外。嘿，彼得，你又没说有这方面问题，否则我绝对能帮你，我可是性专家。去去去，你还是赶紧找个老婆吧，你爸爸老麦克说过好几次，让我催你结婚，你若无儿无女，如何证明你是性专家呢？我们大家相互调侃着走出办公室，我拗不过他俩，最终还是同意去俄国茶室吃饭。下台阶时，不知何故我一脚踩空，眼看着人向前扑去，惊恐之际还未弄清咋回事，我的身体已被纪季风抓住了，前扑的动作停在空中，身体像纪季风身体的一部分定住不动。我脑海里突然莫名其妙地掠过那张被纪季风找到的名片，和那张死沉死沉但被人挪过的写字台，我没说

话。可纪季风却开口问，

王大律师，您以前在这儿摔过吗？

没有啊，从来没有，怎么了？

没什么，没什么。

就在预定向检察官办公室移交材料的前两天，玛丽送来一个信封。我不解地望着她，平时她都将邮件打开后交给我，可眼前这个信封仍是封住的。她明白我的意思，但没说什么，还是将信封递过来。我哗地撕开信封，一个东西咣啷掉在办公桌上，拣起一看，是个铸锡十字架。这是什么东西，谁寄来的？玛丽将信封翻过来掉过去看，不清楚，只有邮戳没有寄件人地址。会不会是教会要求捐款的？我看不像，否则不会没有回信地址。甭管它，扔一边去，肯定又是促销邮件。说完我继续埋头手边工作。彼得……玛丽的语气凸显踌躇，她很少用这种口吻跟我说话，彼得，你还是再问问吧，我感觉好像不大好。为什么，不就一个十字架吗，有什么大不了的？彼得，你看过电影《肯尼迪总统》吗，就是史东导演的那部？没有，怎么了？我看过，而且我还读过原著，里面有个情节电影并未采用。什么？我开始有点儿不耐烦，玛丽今天怎么侃起电影了？到底什么，你快说？彼得，肯尼迪被刺杀前也收到过这个。玛丽边说边将一本打开的书呈现在我面前。你自己看吧，就在这一页。这么说，你早知道里面是什么了？是，我摸出来了。那你说怎么办？玛丽看着我，没说话。我把十字架拿在手里仔细观看，想着对策。一般遇到法律难题我们都请教老麦克李文，就是小麦克他爸。这样吧，等小麦克来了你交给他，请他今天务必问问老麦克怎么处理。我马上有个会，今天不回来了，有事打我手机。我随口向玛丽交代着，并未将此事看得过重，听喇喇蛄叫就别种地了。

当天深夜，我已睡熟，剧烈的电话铃将我弹下床。是小麦克。

抱歉彼得，我才回家，刚把那玩意交给我爸。

没关系，你爸怎么说？

他让你马上来一趟，越快越好。

老麦克李文住在曼哈顿五大道一栋豪华公寓里，临街的窗户面对绿草如茵的中央公园。他楼上曾住过蒋介石的遗孀宋美龄女士，直到她死后房子才被转卖他人。我匆匆走进来，虽是深夜，却觉不出室内有丝毫睡意。书房很亮，灯光把时空撑得满满的，让人难以松懈下来。小麦克站在桌旁，连西装也没脱，只是解下了领带。老麦克李文虽身着睡袍端坐那里，但严峻的面孔令人望而生畏或肃然起敬，都一样。白天玛丽交给我的那个铸锡十字架，静静放在他的面前。他向我招手，彼得来了，坐吧。我顿感事关重大，忙问，李文先生，我习惯称他李文先生，玛丽说这东西……真有那么邪行？玛丽说得没错，李文先生缓缓开口，不光肯尼迪，还有他的弟弟罗伯特和后来的马丁·路德·金博士，被刺杀前都曾收到过类似物件。可这是谁干的，

跟咱有什么关系，到底怎么回事呀？

听着彼得，刚才我已电话核实过，多尼父子均属天主教圣安骑士团，是世袭骨干分子。目前比较知名的有哥伦布骑士团和圣安骑士团。它们以不同的社会形态出现，帮助社区，扶助教育及文化事业，同时也经营房地产或金融业等。骑士团核心成员一律来自世袭，只收男不收女，骑士嘛，本身就是雄性词汇。只要你们放过多尼父子，一切到此为止。

李文先生严峻的目光从我脸上扫过，他停顿了一下，尽量将语气放得平缓一些。彼得，我已通过关系与斯特劳斯律师接触过。他们的要求很简单，只要你们停止与地区检察官合作，销毁所有对多尼父子的指控材料，并签署一份合约，他们立即撤销对纪季风的民事诉讼，一切像从未发生一样结束了。此外，小多尼将离开现在这所公立中学，转入一所天主教学校。实际上，为体现诚意，小多尼此刻已经走了，再不会出现在纪季风儿子所在的那所中学了。走了？可是……不要再说了彼得，其实你来之前，我已帮你们把一切处理好了，我坚信这代表了你和小麦克的长远利益。在纽约做律师，在任何地方做律师都无法随心所欲，因为人类社会永远存在着凌驾于法律之上的力量，做生意是有边界的，律师是生意人，因此律师也是有边界的。

可，我还是难以转过弯儿来，无法接受这么多天的运筹帷幄真会像从未发生一样烟消云散。我想起那天晚上在“密亭”酒吧与老头斯波拉的对话，什么“北大西洋的水有多深”，还有“那只德国潜艇突然冒出来像个巨大怪物”，这些话听着像酒后胡言，此刻却句句都在兑现，斯波拉呀斯波拉，看来你从未真醉过。我鼓起勇气尝试着做最后努力，因为心中仍有不甘。李文先生，我只想知道，如果纪季风本人不接受怎么办？让他找其他律师好了，看谁会接这个案子。那，如果我们非要继续呢？没有我们，只有你，你自己！李文先生的语调变得异常冷酷。彼得，你可以继续下去，但小麦克李文必须退出你们的合作，他将宣布不再是你的生意伙伴并与此案毫无关联！说着他将一份起草好的声明，白纸黑字放在我面前。麦克，如果你是我儿子，签字吧。不，我不要签这个东西，彼得，你为何这么固执，你就答应我爸爸吧。小麦克声嘶力竭地叫喊着。

我觉得自己像只被击碎的酒瓶，每个细胞都在散落。

9

果然，一切都像从未发生似的结束了。媒体没了，波尔先生没了，连敦普夏牧师也在案子和解后发表了一项简短声明，对结果表示满意，并对多尼先生的撤诉决定给予赞赏后，也无声无息了。无人谈论此事，连我们自己都不想说，越说越像胡扯或撒谎。像从未发生比真从未发生更令人恐惧，江湖上不是有个术语叫“罩得住”吗，这个罩字非常形象，做个罩子把头顶的天罩住，明明阴天觉着晴天，能罩住天的一定比天大，想想不尿裤子吗。

令人意外的是纪季风，他在听到这个结果时丝毫没有抱怨失望，甚至连遗憾的表情都没有。他的目光温和平静，

完全找不到最初来我办公室时的那种深邃与尖锐。他说他早就知道这个结果了。你怎么知道？猜的，我瞎猜的。他脸上掠过似有若无的微笑。那天正好是周末，我们一同去曼哈顿的中央公园听马友友的露天音乐会，其中包括电影《卧虎藏龙》的主题曲《月光爱人》，那是一首让我沉醉难当的协奏曲，大提琴的丰富来自它内在的矛盾，将深情与忧伤融为一体，让人感动之余更想哭泣。我们那天都很放松，天南地北地胡聊。我向纪季风解释这首曲子的和弦运用，这并非中国式的，更像德沃夏克的交响乐，一旦引入中国因素后马上变得多姿多彩。我边说边做出影片中的武打动作，当然很不标准，但纪季风每每道出动作的名称，像“青衣垂帘”，“挑灯引路”。我突然问他，纪先生，你真的不会功夫吗？他哈哈大笑，我从未听过他这样酣畅的笑声，王大律师呀，您真逗，我会什么功夫呀，我这两下子是中国人就会。未必吧，我就不会，难道我不算中国人？我故意挑他的语病。您哪，甭看您生在中国，您恐怕真不算中国人。我没吭声，只觉得胸口堵堵的，以前别人这样说我不觉得怎样，今天怎么了？不过纪先生，这个疑问我还是想不通，你苦没诉冤没申，真的就毫无怨言吗？纪季风没说话，他望着远处好像在走神。

斜阳如滞。音乐会结束时纪季风提出请我到“绿坪”饭店吃晚餐。我说下次吧，跟太太说好回家吃饭，来日方长，谢谢你的好意。王大律师，纪季风刚开口便被我打住，别再叫我王大律师，我就混碗饭吃，叫我彼得好了。王大律师，他坚持要这么叫，有件事我想告诉您。什么事？我好奇地问。我们全家，我们全家很快就回北京了。你什么意思，不回来了？对，不回来了。是因为案子的结果？不，案子什么结果我们都会回去。真的？真的。纪季风接着说，王大律师，无论今后您何时来中国，一定告我一声，我要尽地主之谊请您吃饭。说着他将一张纸条递过来，上面有行数字，像电话号码。给我打电话，无论中国任何地方我都去看您，也许只有在中国，您的疑问才有最好的答案。为什么？不为什么。

不为什么？风在吹，明天的风会与今天的有多少不同吗？

我和小麦克李文依然坚守公司业务这块阵地，而且比以往更加忙碌。讯朗公司总裁沃顿先生又找到我们，控诉该公司的新产品光能手机是如何被罗托莫拉公司盗取的。经过大量调查取证后发现，罗托莫拉公司提供的产品研究报告里，显示不出研究初始阶段的足够数据。在反复质询中，他们时而说初始研究是在中国的子公司进行，时而又改称来源于对一家比利时公司的买断。胡扯，纯粹胡扯！小麦克大叫着，彼得，快把所有罗托莫拉股票清仓，他们死定了。没错，我们正在起草最后的和解报告，罗托莫拉没有王牌了，和解赔偿是他们的最佳选择。当然，这个案子再次成为媒体焦点，连斯特劳斯律师那天在路上碰到我都表示祝贺。他还提醒道，本届纽约华尔兹节即将开幕，彼得，你一定要来，我给你留票。我望着他渐渐远去的背影，绝对倜傥风流，可他怎么会是，我的思路嘎地止住了。

9.5

转年秋天，我去北京参加一个年会。完全出于好奇，在返回纽约的头天晚上我拨通了纪季风的电话。夜色已沉，我俩在一家餐厅的雅间见面。当酒上三巡菜过五味，我的感觉刚刚开始，纪季风却已醉眼矇眬了。他带来的蓝带马爹利酒瓶渐渐透明，长长的瓶颈像花瓶似的在眼前闪耀。我劝他慢点儿喝，他却不听这一套。他的话越来越多，也越来越与我失去交集，最后几乎陷入喃喃自语。

一九四六年，一九四六年怎么了，怎么都一九四六年了？一九四六年，我参加马戏团，人家嫌我小，给我两块钱。哈哈哈……纪季风念起顺口溜，脸上露出孩子般的微笑。好好，就一九四六年，怎么了？那一年春天，有一队英国水兵来到天津。天津，怎么又天津了？他们在民园体育场跟中国人比赛足球，输了就打人骂人，欺负咱中国人。这时，赛场旁一位长衫老者对英国水兵表示祝贺，上前与他们一一握手。人们正怀疑，这个中国老头儿怎么向着英国人？只听那帮英国水兵纷纷痛苦得大叫起来，原来他们的手全碎了。全碎了？全碎了！王大律师，您知道这是什么功夫？不知道。这叫“挫指柔”。挫指柔？对，一种流传于中国北方民间的罕见神功。此功必须从小练起，只男不女终身不断，每年需养元气至少三个月，结婚的不能行房，未婚的不许嫖娼，这样才能……等等，等等，停！纪先生，你说的这个“挫指柔”简直听着太熟了，如果把英国水兵换成多尼父子，不是严丝合缝分毫不差吗？你说，那个老头儿是谁，到底跟你什么关系？

王大律师啊，人家话没说完您却叫停，好，那就停吧，那就沉默吧。说完纪季风咣啷趴在桌上，睡着了，被他撞倒的空酒瓶在一旁嗡嗡打转。

第二天上午首都机场，就在我跨过安检门的瞬间，一个声音高叫着：王大律师，王大律师！我忙回头，原来是纪季风。他手持一只空酒瓶，很像昨晚那只，边喊边向我挥舞。王大律师，您不是想知道那个老头儿是谁吗，他叫纪无极，是我爷爷。说完他将空酒瓶长长的瓶颈握在手中一攥，瓶颈消失了，瓶身坠落在另一只手上。纪季风张开手掌，用嘴呼地一吹，一股白烟扬起，缓缓在空中飘散。

路过机场免税店时，我特意找了瓶与纪季风那个完全相同的蓝带马爹利，手持瓶颈狠命一攥，想试试“挫指柔”。没动。不是没动，是纹丝没动。

老史与海

一

老史的脸绝对是被酒精腌的，酱红色，脸蛋儿布满细细的红丝，好像被网子罩住。还有眼睛，哪儿还有什么眼白，干脆也是红的。他的头微微低垂，有点儿喃喃自语。上衣口袋露出个金属酒壶的盖子。盖子很亮，十分亮，光闪闪的像勋章，又像军装上的铜扣子。他几次想摸那个盖子，手每每扬起，又在半道放下。

彼得，你喜欢船吗？愿意跟我干吗？他的声音低沉粗糙，让我想起喂马的草料。他叫我彼得，我竟没反对，也没问为什么他这么叫我。人有时会毫无理由地沉默，无论这沉默与自己怎样相关。说沉默是默认一点儿不假，你没反对别人就认为是同意，就按同意的路子走。从那一刻起，我就叫彼得了。来的时候同学们说，你这陈九的名字忒难念，老外肯定发不出音，这样见工一听就是新手，不会要你的。我路上边开车边琢磨，如何向老外解释自己的名字？好，这倒省事了，彼得，彼得大帝不也叫彼得吗，不亏。是，我愿意。我说得很慢，故意模仿老史说话的风格，甚至我听到自己声音里也羼进马料，剌啦啦的。老史似笑非笑地点点头。我慌忙又重复一遍，是，我愿意。这次没马料了，声音滑润得像没穿衣服的女郎。老史静了一下，突然往我肩膀上一拍，啪地一声，好，明早上船！

纽约长岛的杰佛逊港是旅游胜地。这里有通往新英格兰的海湾渡轮，还泊着无数私人游艇。一条弧形街道撒娇般依偎着海岸线，街道两侧密密麻麻布满一个个餐馆和礼品店。这些门面像化妆的女人，既明快亮丽又轻佻暧昧。我原来就在其中一家海鲜馆打工，那年月的中国留学生没几个不打工的，要不是把一杯红酒打翻在客人身上，那个醉醺醺的爱尔兰裔老板也不会把我撵出来。回家的路上我转到离港口不远的中国鱼店碰运气，老板是台湾来的山东人。他说，我自己都养不活还雇什么人，这样吧，你要吃得起苦，我问问老史要不要人？老史是个专门捕龙虾的老头，每天给这家鱼店送货，他祖上来自意大利，叫史帝文。

第二天凌晨，我按老史说的四点钟赶到码头。起床时，室友们尚在梦乡，房间弥漫着只有睡着后才特有的温暖空气。那是种混合味道，有呼吸的，也有放屁的，虽不好闻但让人充满倦意。我强迫自己爬起来，开着那辆破旧的诺亚牌轿车，在空荡荡的公路上独行。心被即将开始的海上生活搅得七上八下。有兴奋，能在海上航行，像海军一样，

海魂衫一条蓝一条白，还有飘带，在身后像旗帜一样飞舞。当然，就算没有这些又怎样，海风总有吧，海水有吧，船也是真的吧。可更多的是担心，会不会晕船，干什么活，为什么鱼店老板说要吃得起苦，多苦？就这么胡思乱想，我在冰凉昏暗的码头上等着老史。

突然，一艘汽船闯过来，船上的探照灯哇地打开，把我彻底笼罩在惊恐的强光之下。当你发现别人看得见你你却看不见别人，会有没穿衣服似的不安感。我用双臂挡着灯光，还没弄清怎么回事，就听老史严厉的呵斥声掷过来：妈的，彼得，你怎么才来！我惊呆了，他声音怎么一点儿没马料了，干净利落像刀切得一样。连忙答道，你不是说四点吗？我准时啊。你个混蛋，我说四点开船，谁他妈让你四点到。快上船，小心我毙了你。我连滚带爬蹿上船，跟老史撞个满怀。只觉得他手臂硬硬凉凉的，定睛一看，是支双筒猎枪。我倒吸一口凉气，裤裆里阵阵发紧。老史转身走向驾驶舱，顺手把枪往我怀里一塞，拿着！我搂住枪，呆呆站在他身后。

岸上灯火渐渐凄迷，最后连黑乎乎的海岸线也看不到了。海面上的晨雾试图阻挡我们，可船一到又突然闪开，露出深色的海水向我们张望。越离海岸远，就越觉得海水是一个人，一个巨大无比的陌生人，我们在他怀里漂流。只要他喜欢就能让我们立刻消失，仿佛根本没存在过一样。我开始后悔，后悔自己简直穷疯了，好好读你的诗歌博士不好吗，怎么想起揽这么个活儿？这老史是什么人？他一把把我推海里淹死谁能知道？我边想边看看怀里的枪，才发现拿反了，枪口朝下枪托朝上，我连忙把它正过来，紧紧握在手里，好像随时准备搏斗。

老史开他的船，看也不看我。他身上亮黄色的短雨衣很像军装，使他显得格外潇洒挺拔。他开始一口口喝着金属酒壶里的酒，浓浓的酒香扑向我，让我莫名其妙产生想喝酒的欲望。我忍着，不时用眼睛盯着老史。妈的，要喝吗？老史问我时，眼睛仍盯着海面。要喝。他把酒壶盖子盖紧朝我一扔，喝吧，这玩意儿有的是。我接过酒壶猛灌几口，故意装作很酷。这是种极劣质的威士忌，我觉得浑身烧着了，头轰地裂开，剧烈咳嗽起来。老史哈哈大笑，彼得，你这只嫩鸡，还他妈四点到，黄瓜菜都凉了。时间，时间懂吗？抓龙虾就是抓时间，干什么都是抓时间。我这才意识到，老史原来还在为我的迟到耿耿于怀。不知是酒精作用还是晕船，我开始大口呕吐，黄的绿的逮什么吐什么。我死死抓住扶栏，把头伸在海上，那样子肯定非常狼狈。老史仍看也不看我，把我的呕吐不当回事，继续吼叫着时间的重要性，龙虾就这个时候来，晚一点儿就跑了，它们跑了我还雇你干屁？你个傻冒。他发现我仍狂吐不止，身体几次探到船外，二话不说抄起缆绳，一头系在船上一头绑在我腰上，你们中国兵当年就这么绑我的，操，我可不想让你连龙虾都没见着就掉进海里淹死，你个嫩鸡。

在一片孤独的海上，说它孤独是因为周围除了海还是海。我看到海上漂着很多浮漂状的东西，形状好似橄榄球，但比橄榄球大很多。老史的船慢下来，应该说几乎停下来。他走下驾驶舱，在一个浮漂下摸到根绳索，然后迅速往上

拉，边拉边大声喊：彼得，抄家伙，往上拉呀爷们儿。我赶忙跑上去，只见一个黑黑的长方形笼子浮出海面，笼子是钢丝编的，上面锈迹斑斑挂满古铜色的海草，笼子里好像有什么在拼命挣扎，“龙虾!”我突然发现里面装满龙虾，激动得大叫。妈的，你个嫩鸡，当然是龙虾，不是龙虾难道是浣熊吗？还不快搭把手！我这才猛醒，想起自己的使命，马上过去跟老史一起把笼子抬到船上。笼子分量不轻，一个人抬真够呛。我们把它搬到船尾，那里有个储仓，里面盛满海水。老史熟练地把笼子一侧打开，将龙虾倒进仓里，再把笼子重新放回海里，一点点沉下去。他动作流畅得像机器，每个步伐每个动作都像生产线。我意识到，这就是我要学的，那个位置将是我的位置。

太阳跃出海面，呼一下悬在我们眼前，海水顷刻燃烧起来。我正一身臭汗疲惫不堪，看着太阳什么感觉也没有，只想快点儿结束手上的工作。人们对美的感觉永远是主观的。你看那些海边看日出的人，其实海边能看个鸟日出，他们欢呼雀跃一定是闲疯了。如果让他们从凌晨四点开始，双手像起重机一样转个不停，把多少个几十斤重的铁笼子在海里搬上搬下，几小时下来，别说日出，就算放个光屁股美女在你面前又能怎样。我趴在船舷一个劲儿喘气，刚刚吐个干净，接着又这么个干法，难怪鱼店老板说得能吃苦呢。

船终于开始返航。老史安静下来，他整个身体恢复到在陆地上的样子，松松垮垮的。返航的船速比来时慢，他躺在我身边的甲板上抽烟，对天吐烟圈儿。那些烟圈儿开始很规则，又圆又壮，但升到某个高度突然崩溃，散漫得一塌糊涂。我突然想起刚才他用绳子绑我时说的话，你说的中国兵怎么回事？老史停止吐烟圈儿，把烟屁股咬下来，噗一口吐进海里。该死的韩战，我们在851高地一仗被中国兵俘虏了。他们把我们绑在一起，就在每个人腰上，像刚才绑你一样。你们武器那么棒，怎么让中国兵逮着了？妈的，跟你说什么来着，时间时间，就因为我们比中国兵晚十五分钟到达高地，让人家压着打。要是能早些到，他们绝对不是我们的对手。老史一脸不服气。

正聊着，只见老史脸色突然严峻，眼睛又像鹰一样亮。“你个找死的！”说着他一跃而起，从船舱抄起长枪，又把一支短枪扔给我。会用吗？会。其实我不会，可望着他紧迫的表情就说了会。好小子，别怕，他要靠近就开枪。沿他的目光，我发现一艘跟老史的船差不多大小的船正靠近我们。船上的人依稀可辨，是个和老史差不多年纪的白人老头，身上也有一支长枪。老史冲出船舱，砰地朝天放了一枪。“该死的混蛋，你敢过来就毙了你，你个偷东西的混蛋。”那条船显然不愿和老史冲突，一驳船头朝相反方向开去。那个白人老头对老史露出坏笑，竖起中指做了个羞辱人的动作，气得老史双目冒火口吐白沫，冲着逐渐消失的船不停叫骂，骂着骂着又对天开了一枪，砰！

海面重归平静，阳光下的海面变得色彩斑斓，充满美术性。我疑惑地望着正在喝酒的老史，他红红的眼睛激动得要流出血来。我不明白，海不是私人的，为什么他不能到你这边来？再说也没见什么标志，怎么知道这块海就是

你的？老史长长叹口气说，每个捕龙虾者都有自己的固定海域，这是靠浮漂的形状和颜色区分的。这片海是他爷爷打下的，为此他爷爷付出一条腿和一只眼睛的代价。一次船被打翻，他爷爷划着一块破船板，几经周折才回到岸上。爷爷传给爸爸，爸爸又传给他，这是家族行业代代相传，警察不管，海岸警卫队从不到这里来，大家就靠世代相传的规则维系一种平衡。如果什么人不知深浅来此捕龙虾，先是好言相劝，实在不行，周围同行都会团结一致剪他的笼子，直到把他赶跑。刚才那条船主经常跑到老史的海域偷龙虾，被老史抓到几次，可那小子就这副流氓腔。他死定了，早晚我毙了他！老史咬牙切齿地说。

船缓缓前行，海鸥越来越多，这说明离岸近了。老史把几只死龙虾剁碎抛进海里喂那些海鸥。海鸥欢快起舞，鸣叫着争抢食物。老史说，海鸥是行船人的伙伴，只要看到海鸥就什么都不怕了。你看它们撒欢的样子，像不像孩子，像不像你养的猫啊狗啊，看你回家就围着你转？我望着老史松弛下来的面孔，开始思考岸对捕鱼人的意义，那是他们的宗教，他们的希望和全部寄托。我想起曾经在游乐场玩云霄飞车的感觉，一点都不刺激，只想马上下来，让双脚踩到地上。海洋再美，人类却无法属于海洋。你能像鱼一样沉进海的心脏，分享海的生命吗？海对于人类只能是个朋友，一个非常怪异的朋友。好的时候像情人，任你搂任你抱，可不知什么时刻，她会毫不留情要你的命。

“该死的，彼得嫩鸡，你是来旅游的吗？”老史突然跳起来，用脚在我肩上踹了一下。我也跳起来，不知他又要干什么。只见他从什么地方取出一盒猴皮筋儿，开始往每只龙虾的大夹子上套，然后按个头大小，把龙虾分装在纸箱里。我连忙跟他一起干，干着干着就比他干得还快，这种简单劳动难得了谁。老史索性停下手，坐在一旁抽烟。我抱怨道，龙虾又不伤人，套它何用，真多此一举。你懂个屁，万一夹着谁还不吃官司，这年头什么都是官司，不想干就放下，我自己来。不知为何，我一点儿不生气也不害怕，只是微笑地对他说，噢，我都干完了你才说，你要早说就留给你。老史哈哈大笑，该死的，你不是好鸟，一看你小子就不是个好鸟。下了船要不要跟我去痛快痛快，哦，哦，告诉我，舒服吗？他边说边闭上双眼，装着在自己身上胡乱抚摸起来，那样子真像个大流氓。

二

抓龙虾这活儿看着不难，才两个月，除了没让我开船，其他我都能干。凌晨四点起锚，取笼子放笼子，分等装箱，连把死龙虾剁碎喂海鸥都是我的事。难的是掌握龙虾的生活规律，像老史那样，闭上眼能说出海底的一草一木，好像他自己就是龙虾，只不过是爱喝威士忌的龙虾。他可以举着金属酒壶，把龙虾从哪儿来到哪儿去，何时候往笼子里钻，都说个清清楚楚。听他侃这本儿带酒味的龙虾经，我有种冲动，想立刻穿上潜水服跳进海里验证他的话，因为他说话的神态就像刚从海里爬出来一样。

彼得，龙虾醒了，咱得快点儿。

你看见了？龙虾睡觉什么样？

把头靠在两个夹子上，跟我睡觉姿势差不多。

嘘，小点儿声，留神我把你抓走卖了。

混小子，不是个好鸟，我说什么来着。

空旷的海面。空旷是种力量，逼你感到一切都很轻渺。汪洋中的这条船连同我们自己，不过是天地一瞬，而海才是永恒。我们一老一少，在黎明的海面上相互调侃，把说笑蘸着威士忌撒向海面。海这家伙肯定也喜欢酒，要不怎么会一见老史的酒壶就雀跃不已，把船晃得上下起伏。说到老史的劣等威士忌，自上次把我呛得上吐下泻，就总想给他换些好酒喝，当然不乏有拍马屁之意，毕竟他是老板我是雇员。那天我买了瓶“奇瓦斯”，上等苏格兰威士忌，偷偷灌进老史的酒壶，想给他个惊喜。万没想到，老史噗地喷出来，这是什么玩意儿，拿我当孩子吗？喝这东西蛋子儿会退化的。我气得险些吐血，中国人最恨好心当成驴肝肺，奇耻大辱，跟割地赔款差不多。我一把夺过酒壶，咕嘟咕嘟全倒进海里。

老史望着我无奈地摇头，你们中国人怎么都这德行？什么德行，少说中国人坏话。我不悦地反驳他。本来吗，老史接着说，当年在朝鲜被俘，有个叫“杨”的中国兵看守我们。彼得，中国有这个名字吗？我点点头，当然有，杨家将不就姓杨。这个杨长得像个娃娃。我们想吃鸡，他就弄鸡给我们吃。可盐放太多，咸死了。我们刚一抱怨，杨站起来不由分说一脚踢碎沙锅，鸡汤把火都浇灭了，结果炖鸡变烤鸡，味道也不错。彼得，你让我想起杨，那个臭脾气小子。

晨曦映上海面，海水仿佛去幽会拼命打扮起来，把各种颜色涂在脸上，既华丽又热烈。有趣的是，太阳没出来时，海水显得焦躁不安起伏不定，让你觉得她如果有腿，肯定在你身边踱来踱去没完没了，令你发疯。一旦太阳出来，海水就安静了，甚至变得含情脉脉含苞待放，这氛围让我倍感舒畅。我望着老史，听他自言自语叙述往事，一番感慨漫上心头。自到他船上打工，他脾气似乎平和了很多，粗犷之下露出孩子般的质朴，毫无六十多岁人应有的世故。看来人孤独太久难免就胡说八道，尤其独自出海，说话没人听，死了都没人知道，这本身就是压力。压力会把人推向反面，要么人干嘛必须有伴儿呢。

说到伴儿，除了我，老史真没什么伴儿。他孑然一身，最大乐趣就是找安妮喝酒逗乐子。杰佛逊港南端有条巷子，里面有家叫“佩姬”的酒吧，安妮就在那里做女侍。她乍看不到四十岁，金发碧眼楚楚风情，两个乳房忽忽悠悠，像两只要蹿出来的兔子，走近则发现不少细褶子已暗中爬上她的眼角，悄悄编织着岁月。

那晚老史打来电话叫我陪他喝酒。走，彼得，带你痛快痛快。原以为他说带我痛快是句玩笑，没想到动真格的了。我随他步入这家酒吧。老史进门就喊，安妮，宝贝儿，这是我说过的彼得，给他个双份儿。安妮远远打量着我调侃道，他还是个孩子嘛。老史一笑，瞧着老实，不是好鸟。

我脸一下红了，很尴尬。安妮姗姗走来，带着洞察一切的眼神，两个鼻孔忽扇忽扇，让我立刻明白什么叫嗤之以鼻。她把晶莹的酒杯放在我面前。我坐着她站着，她的乳房和诱人乳沟挡住我的视线。我屏住气扭过头去，只装什么也没看见。老史哈哈大笑，一把将安妮拉到身边，当着大家的面要和她亲吻，边亲还边拍安妮的圆屁股，啪啪作响。“去你的。”安妮嗔怒地推开他。

我没见过这阵式，臊得心跳，赶紧把目光转向他处，全身上下都难以接受我跟老史是一伙的事实。我四下张望生怕遇到熟人，毕竟咱是石溪大学英国文学系的博士生，还专攻雪莱，让人发现在这儿看拍女人屁股成何体统？老史则恰恰相反，几杯下肚更加放肆，像撒欢的狗或追逐母鸽子的公鸽子。他喊道，凯蒂，快叫凯蒂来，她不是喜欢诗吗，彼得就是研究诗歌的博士。这一喊不要紧，周围人的目光刷地投向我，他们肯定觉得我是个堕落份子，好好诗歌不研究跑这儿来干嘛。我只顾低头喝酒装着若无其事。这时有位女士约三十岁，棕发黑眼曲线玲珑，哇地大叫起来，不得了，诗歌博士，雪莱博士，不得了。她说着坐在我身边。“我是凯蒂。”她向我伸手。我是彼得。先声明，我可不是博士，只是博士候选人。不得了，不得了。凯蒂根本没听我说，就这么“不得了”地看着我。

那天折腾到很晚。就属老史最忙，一会儿发着酒疯对凯蒂说，彼得他，他他妈的假正经，甭理他。一会儿又把手搭在安妮肩上朗声大笑，和周围人讲黄段子。过去我以为只有中国人讲黄段子，闹了半天这是国际性娱乐活动，根本不分种族国籍。更奇妙的，老史讲的有些段子我在中国就听过，当然是中文的，内容大致相同。比如他说，一个嫖客，只剩下五块钱，他想要，算了算了，不细说。鬼晓得是美国偷中国的还是中国偷美国的，无所谓，酒吧里所有人只管哈哈大笑，安妮和凯蒂也跟着笑，笑到流泪。我发现再俗的女人一流泪俗气就没了，起码减半。

三

第二天上船老史就不搭理我，离岸时他还故意拉了把汽笛，呜地吓我一跳。倒不是我胆小，凌晨四点，码头附近居民尚在梦中，能不鸣笛就不鸣笛，这是老史自己定的。码头非路口，既无行人也没车辆，除了深色的海就老史和我，莫非他是冲我来的？我没吭声，不理他，谁知他又搭错哪根筋。一路上他不说话我也不说，只听船舷两侧的浪花忧虑般沙沙响个不停。此刻的海面突然很静，像瞪眼观望的孩子死死盯着我们。我坚信海是有生命有情感的，她肯定察觉出老史和我之间进行的冷战，否则为什么会一反常态安静起来。

直到起笼子，矛盾终于爆发。有只笼子死活拉不动好像卡住了，我拼命拉，两臂肌肉山梁般隆成一条条。老史，我学着他的口吻，爷们儿，搭把手啊！老史纹丝没动，继续抽他的烟。操，干我屁事，这是你的活儿，我拉要你何用？等我好容易把笼子拽上来，这口闷气再也忍无可忍。我冲他大叫，活儿是我的，龙虾可是你的。绳子脱了手，

龙虾没了笼子也没了，干我屁事！老史你干脆说，到底哪根筋错了？我哪根筋错了，正要问你。你对凯蒂什么态度？人家找你说话你爱搭不理，生把她晾了一晚，什么意思，你个屌博士有什么了不起。我这才明白老史为何使性子，原来为了凯蒂。这女人疯疯癫癫，就知道说不得了，我跟她说什么她既不听也不懂，或既不懂也不听，都一样，让我怎么理？再说凯蒂跟你什么关系，干嘛这么护着她？你喜欢你留着，发给我干嘛。老史一听更火大，放你娘的屁，别不识抬举，你他妈个中国佬，能玩美国妞儿还想怎样。

你说什么？

我呆住了，空气凝滞得像块水晶，我则是里面的琥珀，真不敢相信自己的耳朵，全身血浆呼地喷进脑子，把每个毛孔涨立起来。好，总算你说句实话，我是中国佬，改不了也不想改。老子不稀罕美国娘们儿，知道为什么？老史自己也傻了，两眼发直像幅恐怖照片，拿酒壶的手不住颤抖，为，为什么？因为我希望你说的那个中国兵就是我！说完我抄起救生圈，望了望前方清晰可见的海岸线，对不起，中国佬辞工了，救生圈用后还你。好你个彼得，不跳你是杂种。跳就跳，闪开点儿，拦我你是杂种。一转身，我扑通跳进海里。

虽说是七月，清晨的海水依然很凉，冻得我一机灵。海水的浮力将我推出水面，分不清我是跳进海里，还是大西洋底来的人。我大口吸气尽力适应水温。为了取暖，我索性躺在救生圈上脱掉外衣，让阳光直射赤裸的胸膛。老史开船跟着我，我则故意离开航道让他无法靠近，气得他哇哇大叫，最后带着吼声远去。就不理他，神经病老史，竟说出这种话！中国佬怎么了，中国佬俘虏过你，号称强大不过打个平手，凭什么瞧不起中国人。我越想越气拼命划水，争取早些上岸。这点距离算什么，当年跟一帮同学从北戴河游到秦皇岛，比这远多了。心里没底我才不跳，中国佬从不打无准备之仗。

可人算不如天算。我很快适应了水温，奋泳前行。游着游着，突然觉得有股巨大力量将我横推，怎样抵抗都无济于事，我仿佛坠入急流，又像面对一堵无形之墙难以穿越。海流，一定是海流！一股恐惧袭上心头。我会被冲向何处？只怕还没上岸就被鲨鱼给吃了。北戴河秦皇岛那是内海，像个湖。可这是大西洋，离岸再近也是纯粹的海洋。我全身强烈地呼唤岸，这呼唤令以往所有的欲望不值一提。真正的海永远迫使人面对死亡，正因为面对死亡才更明确生的含义。我想到老史，想到我们共享的海上生涯，手中的船缆是两股绳子绞着劲拧在一起，哪根一松另一根就断。生命的交织，早让文化种族，甚至性别差异都不再重要。只有生命，赤裸的生命，在巨大异类的海洋面前，合并同类项地溶为一体。老史真是那个意思吗？他此刻在哪儿？我这么胡思乱想随波逐流，心中一片空白。可命运很奇怪，它往往是一堆不可琢磨的机遇组合，完全没有逻辑。当我奋力挣扎手足无措，突然觉得海流好像停了。我半躺在救生圈上伸长脖子四下张望，哈，不知该笑还是该哭，涨潮了，他妈的涨潮了！海水一波波，像一双双手把我向岸边轻推。我唯恐天下再乱，拼命使出最后力量全速冲击，越

来越近，岸上行人和车辆都已看清，甚至连码头旁麦当劳的油烟味儿都几乎闻到。这时，双脚猛地被绊了一下，我屏住气一股脑蹿上海滩，趴在滚烫的沙子上再不肯起来。

好一会儿，我远远看到老史的船在泊位上左摇右晃很显仓惶。虽说不再为那句话恨他，可心里仍是不爽。你个老梆子，真的见死不救？不救我也回来了，中国佬又回来了！老史的船一片死寂，海浪拍打船舷的空洞响声此起彼落。走近细看，缆绳盘得很乱，锚也抛得过远，都不像老史干的。怎么回事？我连忙跳上甲板，把救生圈挂回原处。“老史，老史。”没人回答。船上空无一人，船舱十分凌乱，老史的金属酒壶和亮黄色雨衣扔在甲板上。我心不由一沉，出事了！赶紧查看尾舱，龙虾怎么还在舱里？舱内水温明显过高，龙虾几乎奄奄一息。我大叫一声：操！二话不说立即往舱里补充海水，过一会儿再把龙虾一只只装进纸箱，还分个屁等，装一箱算一箱吧。

最后跑到停车场，龙虾贩子们每天都在这里等老史的船。只要一靠岸，老史便开始激情地和他们讨价还价，“一块五？下地狱吧你，少于一块九不卖！”我则呆呆站在一旁，望着海水出神。大海完全是另一个世界，是瞬息万变铸就野性的地方，我真能属于这种生活吗？这时老史会一把推醒我，把几张钞票往我手上一塞，然后扭头朝渔船走去。他的背影一点点缩小，呜地消失在横蛮挺拔的汽笛声里。可此时此刻已经太晚了，龙虾贩子们早散了，只有老史的白色卡车和我那辆破诺亚在斜阳里形影相吊。我急得直想撒尿，龙虾死后很快就化成水，扔都没地方扔，怎么办？

这时一个墨西哥裔小伙子从停车场走过。他见我在撒野尿，莞尔一笑。我想起来，这人不是总替一个龙虾贩子搬运龙虾吗，是他，没错。我顾不上尿完就拉起裤子叫住他，你老板呢？在对面鱼店里。就那家中国鱼店？对。我发疯似的往鱼店跑，咚地撞开门，鱼店老板和那个龙虾贩子惊讶地望着我，

彼得，你咋弄成这副德行，老史进医院你不知道吗？

什么！我不知道啊，怎么回事？

他昏过去了，被救护车送走了，准又喝太多。

哪家医院你知道吗？

还有哪家，不就石溪大学那家。

我转身要跑，突然想到龙虾，连忙说，二位老板，老史的龙虾，整船龙虾再不走就死光了。我作主，吐血价五百块，大小全走，你们帮个忙，这可是老史用命换的呀。说到“用命”二个字我鼻子一酸，泪水涌出来，单单是老史的命吗？他俩相互看看，鱼店老板忙说，别急彼得，龙虾我们要了。说着他打开收银机取出一叠现金。这是五百元，你先拿着，老史肯定正需要钱。我接过钱，连谢都忘记说，只顾喊道，龙虾都装好了，赶紧叫人到船上搬吧。接着就往外跑。“得活的啊，死的我们可不要，这小子。”他俩的叫声追我追到街上。

哇，谢天谢地，老史竟没大碍。他喝酒喝疯了酒精中

毒，输了液后渐渐缓过来。其实跟海打交道的人才不会轻易就死。海洋逼人在生死线上起舞，正因为如此，也赋于淘海者异常旺盛的生命机制。我跑进医院的急诊室问一位胖护士，她圆乎乎的身体似乎专为与乳房配套，“老史呢?”哪个老史，姓什么？我这才发现说不上老史的姓。他告诉过我他的意大利姓，因不符合英语发音规则，十分难记。姓，姓，我拼命回忆那些奇怪的字母组合，只听一声嘶哑的喊叫，“彼得嫩鸡，你可回来了!”声音从护士办公桌正对面的病房里传出。我砰地闯进去，只见老史身上插满管子，嘴上的氧气罩他被推至前额。他半躺半坐酒气逼人地伸出手，一把拽住我脖领子，

对不起，彼得。我不是那个意思。

知道，我知道。嘘……

他呼地又栽下去，震得弹簧床垫发出惊慌的响声。我看到一滴浓浓的泪水从他眼角由小变大，沿着面颊，像有生命一样寻找路经，最终落在枕头上，变成一片规则的痕迹。我无言地坐在老史身边，握着他粗糙的手，只见他嘴唇开始微微蠕动，嘀嘀咕咕念着什么，听上去好像是，

这朵花的香气已经散失
如你的吻对我吐露过的气息
这朵花的颜色已经退去

别说话，你唠叨什么呀，好好休息。我在一旁不停地劝，可他不理不睬。

如你曾焕发过的明亮，只有你
一个萎缩、死的、空虚的形体
它在我荒废的胸口
以它冷漠和无声的安息
嘲弄我那仍炽热的心
我哭泣，泪水无法复活它
我叹息，它的气息永远不再
它沉默、无怨的命运
正是我所应得的

妈的！我大吃一惊非同小可。这，这不是雪莱的《一枝枯萎的紫罗兰》吗，你怎么会背这首诗？快告我怎么回事？老史轻轻舒了口气，缓缓睁开一只眼，彼得嫩鸡，不泡妞儿你研究个狗屁雪莱。说完他侧过头，伴着鼾声尽情睡去。

四

后来我才发现，老史不仅会背雪莱，还会唱歌。那天出海正赶上阴天，四周出奇得黑暗。哇，那是怎样一种黑啊，如果不摸摸自己的脸或咳嗽两声，就无法感到世界的存在。黑暗中的一切就像气体，呼地消失了，没了，挥发

到什么地方谁也说不清。我拼命跺脚，啪啪作响，让自己相信船还在脚下，它是我躯体的一部分，甚至是我的全部，那时刻，分不出什么是船什么是我，我无法相信我和船是两回事。老史调侃着对我大喊，彼得呀，怕了吧，你不是动不动就跳海吗，跳呀，哈哈哈哈。我才不怕呢！其实我本想说："有你老史在我就不怕。"可话到嘴边就变了，不是要面子，是找不着感觉，面对老史你就说不出那些"情深意长"的话。我觉得在我潜意识里，老史和海很难分开，他在黑暗中的喊声，莫非是海对我刚才跺脚的答复。我甚至怀疑，老史是不是从海里冒出来的，是不是龙虾变的？我回头望着他，驾驶舱昏暗的灯光映着他坚硬的下腭和一张一合的嘴巴，就像海伸出的一颗头颅。

你在唱歌吗？我对他大叫。

你说什么？

我说你在唱歌吗？

我听不见，再大声点儿。

算了，再大声也大不过海，人只有到了海上才知道什么是渺小，因为海太大太大了。老史走下驾驶舱，离我越来越近。他走近我时还在喊，彼得，你刚才说什么？我说你在唱歌吗？对，我在唱歌。你真的在唱歌？对，我真的在唱歌。你唱什么，我听不见你的声音，只见你的嘴在动。老史站在我的身边没说话，他的脸向着漆黑无际的海面，突然冒出一句："人很小。真的很小。"我接过他递给我的金属酒壶灌了一口，老史，你什么意思，什么大小的？不小吗？老史好像自问自答，不信你甩开嗓子对着海唱吧，如果你觉得不够专业就叫斯台方诺来唱，结果怎样？海根本不理你，不是看不起你，是根本没听见，你的声音被吸走了。别说海没听见，连你自己恐怕都听不清自己的声音，那时你就知道人有多小了。

好，那我可就唱了，“看晚星多明亮，闪耀着金光，海面上微风吹，碧波在荡漾……”我觉得这歌声不像从我嘴里传出，而是远方飘来的一声轻唤，似有若无丝丝缈缈。老史显然喜出望外，该死的彼得，你怎么会唱《桑塔露其亚》，这是拿波里民歌，斯台方诺唱这歌最棒。你呀，总斯台方诺，现在都已经帕瓦罗蒂了。狗屁，那胖小子不行，声音又尖又细，不像爷们儿，快，接着唱啊彼得。“在这黑夜之前，请来我小船上，桑塔露其亚，桑塔露其亚。”最后几句老史跟我一起唱，我用中文，他用意大利文。他唱时我故意停顿，想听他的声音。那声音低沉沙哑，浸透烈酒的挣扎，但节奏准确，充满深情厚意，让我暗暗震动。我始终相信，听一个人的歌声可以揣摩出他的青春岁月和心灵本色。斯台方诺是五六十年代风靡世界的意大利歌唱家，也是帕瓦罗蒂的老师。当年的老史该是怎样痴迷他的歌声，做他忠实的粉丝呢。我听过斯台方诺唱的威尔第的歌剧《弄臣》，当然是录音带，他声音虽没帕瓦罗蒂那么高，但比老帕厚重饱满，充满表现力。老史看上去意犹未尽，继续沉醉在自己的歌声里。我望着他，像望着一个率真的孩子手舞足蹈尽情尽意。

天终于亮了，乌云似走还留，把眼前的日出压缩成一条赤红的练带，在激跃欢舞的浪尖上飘荡。如果此时有人问，地球上什么地方离天最近？不是迪拜沙漠上用黄金堆砌的楼宇，也不是喜玛拉雅山顶，是这里，是海上，纵身一跃就可驶进天里，或者说你本身正在天里徜徉。海洋从来不会思考与天堂之间的距离，这完全是人类造出的虚假命题。想到这儿我心情通达，这跟心旷神怡不同，后者有舒适之意，前者没有。前者纯粹指从脚心到头顶开通了，一条隧道被打通了，什么都可以由下到上，当然也可以自上而下来来往往，高兴了来往，痛苦了也可以来往，就像加拿大西北部有一种两用隧道，火车可过，汽车同样可过。

我想起老史跟我说过的话，他说他从不捡掉在地上的东西，不管什么，不管多珍贵，掉就掉了，去他妈的，就像从未拥有过一样，连麦克阿瑟将军给他的酒壶也这么丢了。仁川登陆攻下开城当天，麦克阿瑟检阅部队。走过老史身边时，被他上衣口袋露出的金属酒壶吸引，你爱喝酒？麦克阿瑟问他。老史非常尴尬满脸通红，情急之下为自己辩护道，我爸，爸的爸就爱喝酒，我……好了好了，你这只酒壶我喜欢，咱俩换怎样？是，将军。就这样，他同麦克阿瑟交换了酒壶。回国后很多人出高价买他这只酒壶，他就不卖。没想到一天出海，喝酒时没留意把麦帅的酒壶掉进海里，冒了个泡儿就没影儿了。打那以后他就养成不捡东西的习惯。海上行船必须有一种洒脱，这跟陆地生活完全完全不同。陆地上丢了东西可以找，翻过来掉过去地找，因此人们干什么都能反悔，悔棋，悔约，悔这悔那，以及由此派生出的种种计较纠缠鱼死网破。海上不行，掉了就没了，漫说麦克阿瑟的酒壶，就是女皇王冠上的钻石又怎样，照样该去就得让它去。海洋逼迫人们只能义无反顾，从脚心到头顶必须开通，否则没法活。

返航时老史又把船定在自动巡航上，这样我们可以躺在甲板上抽烟喝酒聊大天儿。我突然问他，你怎么会背雪莱？老史回头一笑，那微笑不同于以往他的任何面部表情，是一种恍如隔世的天籁，超越时空突然飘降，像捕鱼人捞起一只来自远久的漂流瓶，充满神秘莫测的联想。这里没有海洋的宽阔沉重，却不失都市生活的温存轻佻，你可以看到很多东西，少年人的华丽发型，黄昏街头的暧昧身影，酒吧里的杯盏交错，一把搂住女人的喷射眼神，还有火辣的爵士乐，汽车后座上的云雨，一切世俗风流青春涌动的画面，都可在老史的蓦然一笑中找到印迹。我不由地惊讶，心中轰地升起莫名其妙的激情。

据老史说，朝鲜战争后，作为第一批交换战俘，他回到家乡纽约。当时的艾森豪威尔政府对所有韩战退伍军人实施了一项优惠计划，让他们，只要愿意，免费进入任何大学学习。老史选择了著名的哥伦比亚大学英国文学系，开始了新生活。为什么是英国文学系？我不解，因为这个专业把我搅得筋疲力尽，况且在这个物质与技术横流的年代，完全看不到前途。老史说，他母亲没上过大学却爱写诗，从小他就听母亲为他朗读欧洲浪漫诗人的美丽篇章。在朝鲜，伴他度过战争恐惧与孤寂的除了威士忌酒就是诗歌，因此回到纽约后，想也没想就选择了英国文学系。你

母亲她？她早死了，从楼上跳下去，长裙在空中飞舞，那是她最后一首诗。你亲眼看见的？没有。那你怎么？一定是这样，彼得，一定是这样。

我拼命揣摩老史说这话时的平静眼神，何止平静，还有丰满的感觉在闪烁流淌着。那完全是把生命悟透的淋漓尽致，是超然于生死之上的豁达或无所谓，其实都差不多。到底是海洋重塑了他的心灵框架，还是最后一首诗醉懵了他，其中的因果时空并不重要，震撼我的是他那副生死无距的神色，你根本觉不出最后一首诗的作者已不在人世，甚至你觉不出时光已逝去几十年。是什么让他能把某个时刻凝滞住，像图钉把一张纸条凝滞在黑板上那样。老史继续说，他像跳水似的扎进英国浪漫派诗人的怀抱，他喜欢济慈、拜伦，最终让他深刻感动的除了雪莱别无他属。为什么，为什么偏是雪莱？那你为什么，彼得，你为什么也雪莱？老史瞪我的双眼深邃明亮，钉子似的一寸寸往我心里嵌入。我，我不光因为他的诗歌。对呀，老史叫起来，把雪莱仅看做诗人是不公平的，他像上帝一样到这个世界是为牺牲而来，浪漫如果离开理想离开对人类的拯救，还有什么屌意思。可你不是说不泡妞儿就，别读雪莱吗？操，泡妞儿你也得有善良和同情，否则有什么美好，不懂美好你怎么研究雪莱，你怎能懂雪莱诗歌的初衷到底是什么呢。

我彻底傻了，傻得几乎不认识眼前的老史。他说得一点儿不错，雪莱本质上不该是诗人，而是用诗歌形式宣扬理想的社会活动家。这个被当今学者漠视的现象，反映了人类远离浪漫是假，抛弃理想是真的严酷现实，没想到这却在长岛湾一条龙虾船上，伴着海浪和威士忌酒刺鼻的浓烈，被老史点明了。操，老史老史老史，你他妈不是好鸟！彼得，彼得嫩鸡，你他妈是王八蛋。我和老史兴奋地大喊起来，嗷嗷嗷像野兽一样狂呼乱叫，非此不足以表达彼此的共鸣。浪花拍打着船头，仿佛为一次庆典击节，啪啪啪此起彼落。阳光抚摸着我们赤裸的臂膀，尚未退尽的汗水把黝黑的皮肤擦得像烤瓷一样晶亮。可你怎么又抓起龙虾了？我话锋一转，实在等不及想知道到底怎么回事。哈，大学三年级时我父亲也死了，留下继母和一个年幼的同父异母弟弟马克，老史面向大海吸着烟说，老一代留下的这片海域如果无人继承，很快就被同行瓜分，到时候想讨都讨不回来，这就是宿命，几代人靠海生存，我怎能一走了之。正说到这儿，妈的，要起风了！只听老史一声大吼跳进了驾驶舱。

快，彼得，把龙虾箱子用缆绳缠几道。

是，船长先生，保证不让美味掉进海里。

龙虾算他娘什么美味，你还没吃够吗？

我，我……

你什么，哑巴啦？

我没吃过龙虾。

什么，你胡说八道。

我真没吃过。

该死，太荒唐了，这怎么可能。

别看跟老史干这么些日子，我的确尚未尝过龙虾的滋味。那年月的中国留学生全是赤手空拳闯天下，用今天时髦的说法叫“裸学”，挣点钱不容易，连麦当劳肯德基都很少吃，更别说龙虾，想都不想。跟老史出海，每天龙虾从手边进进出出，可毕竟那是老史的生意，他靠这个生活，所以干完活拿钱走人，咱宁可回家吃方便面也不占这便宜，不能丢中国人的份。老史刚才问我时开始没好意思说，这在逻辑上太荒诞了，抓龙虾的没吃过龙虾，讲不通嘛。可没吃过就没吃过，有什么寒碜的，实话实说比什么都强。那天上岸时，左等右等等不来老史，平时他早发给我工资让我走了，今天怎么了？正琢磨着，只见老史抬着一个纸箱朝我那辆破诺亚走去。我高声问，干什么老史？他把纸箱往我车的后备箱上一放，咚地一声。彼得你听着，今天起，每天除了工钱你必须带几只龙虾走，大的好的也不给你，反正让你吃够。不，我不要，几只龙虾也是钱，我真不要。妈个逼的，彼得嫩鸡，除非你不再见我，否则少废话！说完他扭头就走，他的背影一点点缩小，呜地消失在横蛮挺拔的汽笛声里。

五

八只，整整八只。到家打开纸箱一看才知，老史竟给我塞了八只龙虾，虽不很大但个个儿活，一碰满桌爬。老史啊老史，你真是，八只龙虾卖给中国鱼店至少也得几十块，我一人哪吃得了这么多。可话说回来，看着这些活物心里暖融融的，仿佛老史的龙虾船呼啦一下闯进屋里，横架在我眼前的饭桌上。与老史的交流越来越赏心悦目了，开始是被海逼的，因为海上漂泊，世界就剩我们俩。后来，尤其是我们雪莱之后，这话该反过来，我们俩就是世界。这龙虾我应该吃，我必须找到与老史同样的感觉，抓龙虾的不吃龙虾绝对荒唐，老史说得一点不错。

没等我说，几位室友早兴奋得手舞足蹈欲取欲夺。那天晚上，我们全宿舍都沉浸在节日般的骚动中。我住在石溪大学的研究生宿舍区，每套公寓三居室，每室两人，我们六条光棍儿均来自中国，关起门就是男性中国城。

只见大家有架锅的有切菜的，还有出去买啤酒的，既井井有条又一塌糊涂。北京来的喜欢清蒸，上海来的非说姜葱才不枉此吃，最后折衷，折衷是放之四海而皆准的普世真理，一半一半谁也别争。但拌佐料时又发生矛盾，北京人说就姜和醋，上海人说不够味，再加一点麻油和糖。香油就香油，还什么麻油！是麻油嘛，芝麻的油简称就该是麻油，叫香油不够准确嘛。得了吧你，愣还放糖，你们上海男人不觉得自己甜过头了吗？甜有什么不好，总比你们北方人硬梆梆强。哈哈，硬梆梆，我们都硬梆梆，就你软遢遢行了吧。我们大伙吃呀喝呀，唱《几度风雨几度春秋》，《吃葡萄不吐葡萄皮儿》，都是当时刘欢、杭天琪最时髦的流行歌曲。我就不明白，老史非说龙虾不算美味，这不是美味啥是美味？呀咪呀咪，味道大大地好嘛。

我那天对老史说，龙虾味道非常好，简直美味，你怎么说不算美味呢？老史哼了一声没理我，半天才说，美味

就好，美味就好。他说话时眼睛看着远方，仿佛期待着什么，拿酒壶的手微微颤抖，既不喝也不放下，完全在自言自语。我顺他的目光望去，海面今天异常平静，海水在这里与岸边的海丝毫不同，岸边的像祖母绿，妩媚温润，没什么分量，而这里的海是靛蓝的，深邃冷峻博大豪迈，她远离那个喧嚣烦琐的尘世，让你明白我们所依存的社会远非永恒唯一，真正的永恒不会充满装饰性，就像纯金并不耀眼一样。海水越深蓝，浪花就越洁白，一簇簇此起彼伏，像巨大的合唱军团在交替欢唱，难怪世界所有的海军军装多以蓝白为款，这既是对海的赞美也是对海敬畏。每次看海，无论多少多少次，都让我震撼，心底腾涌着永不枯竭的感动。这才是水的祖国啊，而所有的河湖港汊不过是水在人类手中的人质而已。它们怕被架出去枪毙，才显得格外驯服温顺。看到海才知道，那些被掠为人质的水早已失去原有的个性，就像被逼良为娼的女人，接过几次客，也就听之任之了。

可老史他怎么了？

我从未看到老史像此时这样安静过，他死死地盯着海，像一尊雕像。这不像是哀伤，更不像愤怒，绝对不像，因为无论哀伤愤怒我都可以接近他，可以问可以吵可以叫可以骂，可以龙虾可以韩战可以跳海可以雪莱，但此时不行，我心中突生一种恐惧，生怕惊动他，老史像是一只玛瑙杯，只消一句话就会粉碎。我奋力干活，无声无息地干活，直到返航实在没办法才轻声问他，“返航了，开船吧。”海上行船并非所有航段都能使用自动巡航，这取决于航道的行船条件。让我大吃一惊的是，老史举起持酒壶的手向驾驶舱一指，“你来!”他声音不大却十分清晰不容置疑。我?可我没驾照呀。老史没再理我，他点上烟，继续望海。我迟疑片刻呼地跃上驾驶舱，重新启动，把船缓缓驶向来时的航道。不是不会开，这么长时间看也看得差不离，老史在身边我也开过好几次。可我没驾照，压根儿也没想考，考这种驾照必须上专门的培训班，积累足够的驾驶小时，还有，得花很多钱。老史一再警告我，没驾照不许独自开船。有几次我想自己试试，这么宽的海面四下什么都没有，还能怎么着?全被他拒绝了。你懂个屁呀，海流，风向，还有沙礁，哪样都能要你的命。他今天这是，怎么居然让我开船了。

上岸时我像往常一样，帮老史把所有龙虾箱子搬到停车场边上，趁他与龙虾贩子高声喊价之际本想溜走，他今天不说话，我有点儿吃不准他的心境，没想到他一把揪住我，回来，把这箱带走。我只好乖乖从命抬着纸箱离去。箱子里的龙虾扑腾扑腾作响，像我的心境一样，一直响个不停。

快到家的时候，我抬着纸箱往前走，远远看到一群人挤在我们宿舍门口并发出喧嚣声。他们看去都是这个研究生宿舍的住户，有些身影还十分熟悉。喊声最甚那个是数学系的访问学者，他的湖南口音很冲，总让人想起“秋收暴动”之类的词句。他见我姗姗走来，立即用手指着我大喊道，

来了，我说得没错吧，就是他。

我怎么了？

你私贩龙虾，还是死的。

私贩龙虾？死的？

别赖，你手里拿着什么，敢打开吗？

打开就打开，怎么了？

说着我打开纸箱，里面的龙虾见到光线后激动地前赴后继往外爬。这时只见负责这片宿舍区的主任，一位印度裔老兄出现在我面前。他问，龙虾是你的？是我的。那他手里那些死龙虾，也是你卖给他的？我这才注意到湖南人手里有个塑料盆，里面的几只龙虾一动不动。正疑惑，突然发现同宿舍的北京人和上海人站在印度裔身后，垂首无语神色凄然，顿时全明白了。肯定是这两位老兄背着我把龙虾卖给邻居了，他们一直鼓动我卖龙虾赚钱，还从实验室搬来两只冰箱存放龙虾。他们说，经多次实验证明，龙虾在二至四摄氏度低温下至少可存活两天。这两位都是生物系的博士候选人，整天跟猴子和白老鼠打交道，经常是饭吃到一半就为猴子会不会算数的问题争得面红耳赤，想不到小聪明都用这儿了。我曾明确警告过他们，龙虾不能卖。理由很简单，这是老史让我吃的，是我俩分享生命的一种方式。就算有一天吃顶了吃腻了，可以从此不碰，但背地里赚这个钱是对老史的极大不尊重，是对善意的亵渎，让人无法容忍。可此时此刻，望着他们歉疚怯弱的面容，我别无选择。我说，是我卖的，龙虾死了我可以换给他。

不不，没那么简单！印度裔嘴角泛起一丝快意，接着严厉起来。他用联大代表般的官腔对我说，贩卖死龙虾危害同学健康，利用校产牟利严重违反校规，这种事前所未有，此例不可开，我必须上报教务处，他们怎么处理是他们的事，你直接跟教务处联系吧。我瞥他一眼，你怎么知道龙虾死了？这明明是死的呀。纯粹胡说八道！说着我重重撞上门，我最讨厌小人得志的样子。

令我万没想到的是，几天后我突然收到由教务长马克签署的一封信，说鉴于我私贩禁售海鲜危害同学健康，严重违反了校规及纽约州相关法律，已失去一名博士候选人的资格，秋季开学将不允许我继续注册。换句话说，把我除名了。读完信我哇地一声大叫瘫在床上，我根本不能相信这是真的，因为我无法承受。离开学不到一个月，即使重新申请学校也来不及。我持有的学生签证要求学生身份必须连续，一天不能中断。如果下学期不能注册，我失去的何止是博士候选人资格，还有合法身份。也就是说，离开这里，要么空手回国，要么投入到几百万地下黑工的队伍中去，这对于一个马上就要获得博士学位，即将走向职业生涯的我来说，恍若世界末日。我想到老史与海，霎那间仿佛看到那个亮黄色雨衣下的面容不是老史而是自己，手持长枪对天“砰”地发射，嘎嘎的响声在蓝天回荡。可紧接着又马上否定了这个念头，我该如何向老史解释，我认识海，海认识我吗？

六

第二天登船我的情绪很不稳定，既有对命运前途的绝望与不甘，也有对老史和海的深深眷恋。我能听见心灵深处的恐惧怦然作响，敲打着我颤抖的躯干。我想不好如何向老史解释，只能拼命干活，让自己在动作中忘却现实。起笼子时我借机像野狼般大声嚎叫，再把叫声结尾在一些乱七八糟的歌曲中。还会把喂海鸥的碎龙虾尽情向天空抛洒，惹得鸟儿兴奋得像狗一样狂吠。

老史依旧喝酒抽烟，望着远方无言。海面宽阔无垠，今天的浪头并不大。桔黄色的海菊花，在海水冷冽的深蓝中格外醒目，船来了散开，船走了又匆匆聚成一片。生命真是无处不在，只不过各有各的活法儿罢了。就在返航之际，当我刚要跨入驾驶舱，老史冷不丁冒出一句："发生什么了!"这声音严厉而短促，让我的心骤然收紧。他问话时仍面向大海，身体似雕塑一动不动。我忍住悲怆，"没什么"，惟恐多说一字泪水会喷涌出来，遇上这种倒霉事是命中注定，就算上帝也救不了我。没想到老史呼地一跃而起，一把掐住我脖子，把我的身体顶在驾驶舱门框上，酒气逼人覆盖着我的面额，令人窒息。彼得，告诉我实话，我受不了你这副痛苦的样子。他话音刚落，我的眼泪哗地淌成一片。

我，被学校除名了。

为什么？操他娘的。

我断续向老史哭述我的遭遇，并为卖龙虾的事向他深表歉意。老史用手重重拍打我的肩膀，彼得，我的孩子，没想到龙虾给你添了麻烦。你没做错什么，龙虾是你的当然可以随便处理，其实老子就是让你连吃带卖的。我侧过头，泪水流淌得更加猛烈。我深觉大局已定，教务长马克的专横举校闻名，此刻老史的宽容只能让我的委屈加倍沉重。彼得，你真卖死龙虾了？没死，我敢保证那龙虾还活着。可龙虾真能在二至五摄氏度存活两天吗？老史认真起来。真的，起码两天。刚从冰箱拿出来它们不动，用凉水一浇就活过来。老史的眼神哗地明亮了，甚至开始映出星点。他话锋一转，那你小子怎么不早说，否则咱能卖个好价钱！我一下愣了，现在说也不晚呀，我宿舍有两只大冰箱，离开前把它们给你送去，你试试看。哈哈哈哈，离开，要离开也轮不到你。大笑中老史的面颊赤红起来，他猛灌一口酒，听着彼得，你哪儿都别去，好好读你的雪莱，你若连自己的公道都不敢讨，还怎么指望你替雪莱讨公道，莫非你裤裆里是空的吗？可是……可是个屁！明天咱不出海了，我带你去找马克说道说道，还反了他。说着老史一把抄起长枪，做了个射击的架势。我大吃一惊，不行老史，杀也得我来杀，不能让你…… 谁说我要杀他了，谁说我要杀他了？明天上午十点，彼得，咱教务处门口见。可你，知道教务处在哪儿吗？哈哈哈哈，彼得嫩鸡，明天等我，谢谢你。

谢我？分明是老史要帮我，应该谢他才对怎么谢我？这老史最近真是越发古怪了。自事发后我一直苦思良策，无论如何不能就此罢休，让这些年的寒窗苦读土崩瓦烂。失去的难找回，就当被海浪冲走，找麦克阿瑟的酒壶去了。但云峦奔走潮涨潮落，明天太阳还会升起，必须向前走下去。我想到那些杂牌儿学校，交学费就录取，随交随取，不妨先找一家暂避风雨保持合法学生身份，争取时间再申请其他名校。据同宿舍的上海人说，纽约上州罗切斯特郡有所学校学费便宜手续简便，当时他差点儿去那儿就读。那天晚上他和北京人特意凑足两千美金，作为我第一个学期的学费。两千块，这对当年的留学生来说很多钱了。我说你们把钱收起来吧，情我领了。明天上午老史要带我去教务处理论，估计就半小时一小时的事儿，等我回来，帮我一起把那辆破诺亚拾掇拾掇，查查胎压，换换机油和刹车片，罗切斯特这趟不近，别再半道儿抛锚。

第二天上午不到十点我就在教务处等老史。我没站在正门口儿，而躲在旁边一处走廊里，透过玻璃窗可看到门前人来人往。我看到马克提着公文包气宇轩昂的身影，他几乎迎面走来，只不过他看不见我，我却看得见他。教务长这个头衔的英文发音是“定”，马克的姿态一副笃定的样子，就连跟别人打招呼都从不张嘴，只是微微颌首示意。当他从我的眼前走过时，我突然有种怪异的感觉漫上心头，这面孔像谁呀，好像很熟可一下想不起来，我在校园里经常看到马克，从没有今天这种感觉，像谁呢？

狐疑之际，只见老史咣地涌入视线。他与马克相距大

约五十米，我甚至怀疑他是否看到马克走进办公楼。老史今天看去与平日不同，代替亮黄色雨衣的是一件格子衬衫，下面还是宽大的裤子，脚上的长靴换成一双白色运动鞋，完全脱离他的风格。咦，那只酒壶呢，上衣口袋的酒壶呢？离开酒壶和海洋，他就彻底找不找北，现在一看全清楚了，他是海的一部分，根本不属于这个凡世。老史停下脚步看了看表，接着大喊，彼得，彼得，我在这儿，你在哪儿呢？我连忙蹿出来跑到他面前，生怕他再喊下去。老史一把攥住我的手二话不说朝办公楼就走。快到入口时我拉住他，老史，真地要这么做吗？我行李都打好了，明天就走，你真不必这么做。老史呼地揪住我脖领子，彼得嫩鸡，这一切都因龙虾而起，你难道想羞辱我吗？走！他扭过头，把我的手攥得更紧。我突然发现，马克的面孔像得不是别人正是老史，尤其侧面，几乎一样。

女秘书试图阻拦老史，没成功，却把我挡在马克办公室门外，她用提防的目光扫量我，既没招呼也未让我离开。马克办公室有扇磨沙玻璃墙，我看到两个站立的人影，高的是马克，矮的是老史，皮影戏似的晃动。矮个儿频频向高个儿挺进，一度将其逼到墙边，马克后背靠在玻璃上，衬衣的纹络时隐时现。他们的嗓音忽远忽近，当靠近玻璃墙时突然变得清晰可辨，以至于那位女秘书坐立不安地望着我，做出莫名其妙的尴尬表情。

这不是抓龙虾，我是教务长，怎能随便收回成命。

你这话说得太晚了，我就靠抓龙虾把你养大。

不行，绝对不行！

可你弄错了人，我再说一遍，龙虾是我老史的，他只是送货。

是这样吗？鬼才信你。

听着，你可以看不起我这个大哥，但你不能这样对我说话！

对不起，我没那个意思。既然如此，那好，仅此一回下不为例。

下回？不会……有下回了。

室内突然静下来，两个影子都没动。过了几秒钟，矮个儿走近高个儿，很近很近，他的声音有些颤抖，我要感谢彼得，否则真不知如何向你道别，我们多年不来往，但你毕竟是我带大的呀，马克，我的时间到了，你保重。话音乍落，只见老史咣地撞开门，头也不回走出去。他双目湿润，脸涨得通红。马克追出来一半，“你什么意思老史，老史……”我怔了一下冲出办公楼，老史已走远了。

七

每年八月中下旬是飓风肆虐的时刻。这时的海洋，骚动不安热血澎湃，似乎急不可待渴望某个重大庆典的来临。在加勒比海和墨西哥湾上空形成的热带风暴，胁云劫雾以两百公里的时速，伴大量雨水，与其说哭号不如说亢奋，如期而至。此刻的世界根本分不出海天的区别，海水长天完全混然一体，浪在向上翻云则往下卷，泪水汗水连同巨大的呼吸与咆啸，把世间一切来他个扫堂腿。人们爱说天人合一，格局太小了，一听就是陆地语言，在海上生活过的人绝不会说这种话，能够与天合一的唯有海洋，天只有与海狂欢才能高潮迭起淋漓尽致。老史称这种景象为海天在做爱。有一次返航正赶上暴风雨，船体在浪尖上圆舞曲似的跳动，尾部的海志旗呼冽冽发出惊恐的颤抖声。我拉紧扶栏一动不动，心底一片空白。可老史却跳到船头，脱下亮黄色雨衣狠命一抛，双臂伸向天空大喊起来，“做吧，做吧，做你该死的爱吧！”雨水迅速裹挟了他，赤裸的上身湿漉漉闪着白光。就在浪花把船头掷向空中的一刻，老史的身影笔直地刺向激悦的云层，分明就像大海挺起的阳具一样。那真是个惊险的时刻，我被震撼得灵魂出窍目瞪口呆。现在，飓风真地来了，这是海天一年一度的浪漫时节，说到底也是大自然的浪漫时节。中国牛郎织女的故事发生在每年七夕，恰恰是公历的八月中下旬。在同一时间段里，东方在银河中陷溺，西方在海洋上交媾，东方想上天，西方欲下海，这是何等奇妙的巧合啊。

这天深夜突接老史电话，急促的铃声诱发我的心脏咚咚作响，他饱满沙哑的嗓音让我确信他整夜未眠。“彼得，明天准时出海。”明天？你没弄错吧，没见外面还在刮风下雨，你不是说这种天气龙虾不会出来觅食吗？再说左发动机刚刚保养完，浪这么大你就不怕，说到这儿我觉得不对，原来老史早把电话挂了。这个老史，真是越来越怪！加勒比海上空的飓风每每试图北上另寻新欢，但经不住南方海

域老情人的死缠活泡，一泻千里元气大伤，到长岛湾时早变成高压云团，力不从心了。即便如此，对于我们这只龙虾船来说，足以惊魂动魄。按说这种天气是不出海的，联想起老史几天来的举动，我的心骤然收紧忐忑不安。

停船已经两天，就在两天前出海时，我正给龙虾装箱，老史把我叫过去，彼得你过来，想看看麦克阿瑟的酒壶如何掉进海里的吗？我没明白他的意思，那只酒壶不是早就没有了吗？老史握住我的手，用另只手从上衣口袋取出那只他平时用的酒壶。我一惊，这酒壶是他的命，难道真要扔到海里？没容我想完，老史轻轻一挥，酒壶银光一闪掉进海里，开始的瞬间在海面上停顿一下，像眷恋又像诀别，接着咕嘟冒个泡，影子随水波激烈抖动像个欢悦的舞者，烟消云散了，仿佛从未存在过一样。老史兴奋得大叫，快看哪彼得，一模一样，麦克阿瑟的酒壶就是从这儿掉下去的，看见没有？我吃惊地望着他哑口无言，仍不确定到底发生了什么。老史哈哈大笑，彼得嫩鸡，有什么好奇怪的，今天的风向温度都很像当年情景，只有今天扔才最像，懂吗？

记得那天返航时，海岸线已依稀可辨，海鸥在船尾追逐喧闹，惹得海面轻曼起舞。老史递过一只威士忌酒瓶，来吧彼得，喝一口，听听这是什么。

那时刻永远逝去了，孩子
它已沉没，僵涸，永不回头
我们望着往昔

不禁感到惊悸
希望的阴魂正凄苍、悲泣
是你和我，把它哄骗致死
在生之幽暗的河流

嗨，你考不住我，这是雪莱的《那时刻永远逝去了，孩子》，下边是，

我们望着的那川流已经
滚滚而去，从此不再折回
但我们却立于
一片荒凉的境地
像是墓碑在标志已死的
希望和恐惧：呵，生之黎明
已使它们飞逝、隐退

哈哈，彼得嫩鸡，你不是个好鸟。那你说，雪莱怎么死的？还用说，他乘坐的“唐璜”号从莱杭度海返回勒瑞奇途中遇风暴船沉而亡，这早有定论。遇到风暴不假，但雪莱是自己跳下去的。你是说自杀，不，他不是自己跳下去的！不是？“唐璜”号并未沉没，后来被渔民找到了，船还在他怎能坠海而亡，我宁愿他是自己跳下去的！老史的话噎住我，他说这话时眼里坠闪着奇异的光彩。我没反驳，因为民间确实有此说法，虽然这无法作为雪莱自杀的证据，即便船还在人为何不能坠海？但我望着老史的面孔突然警

觉，这还重要吗？

老史，就是那天离去的。

第二天凌晨按老史所说，我准时赶到码头。风雨中，长长的栈桥闪着凛冽的微光伸向漆黑的远方。所有船只尚在酣睡，锚缆随风发出梦呓般的嘤咛。唯有老史的龙虾船灯火通明，轰轰轰早已升火启锚了。他并未穿那件平日的短式亮黄色雨衣，取而代之是件长款亮黄色雨衣，直达脚面。衣服看去较大，穿在身上似有晃动感。我刚跳上甲板尚未站稳，船已离岸了。

风雨中的海面一片幽暗，雨水敲击着驾驶舱顶棚，咏叹般发出时缓时急的喧嚣。船体随波浪起伏跌宕，穿透一道道激情澎湃的水障，让人产生仿佛从海底冒出来的魔幻感。我心里并无恐惧，却奇怪地注满四面楚歌轻死易发的骚动，我能觉出，这很可能是一次极不平常的航行。我和老史对着酒瓶狂饮，借酒撒疯唱乱七八糟的歌曲，老史立刻觉出我激荡的情绪，搂住我的肩膀热泪盈眶。他大叫着，彼得，打开雷达，注意观察平衡度，不要减速，这时减速很危险，速度不够一个浪头就翻，保持航向千万别偏离航道，这鬼地方看着挺深其实处处沙礁，对，你做得很棒，就这么干！

快到了。

你说什么？

我说快到锚地了。

去他妈的锚地，继续向前开！

是，我的船长。

天色开始泛白，尽管乌云低垂风雨未歇，远方还是露出一抹光亮将云层撕破。海面似乎平静了些，四周空旷悠远，什么也看不见，只有这条白色的船，镶嵌在深蓝的海洋上。“彼得，就在这儿吧。”老史扭过头望着我，接着一把将我紧紧抱住。他的泪水流淌在我脸上，我的泪水滚落在他手臂上，彼此无言。我突然觉出，老史好像没穿内衣，难怪雨衣显得逛逛荡荡。老史看出我的疑问，哗地解开拉链，赤裸的身体全部呈现在我面前。看见了吗？我顿时发现，他的双腿肿得像大象一样，黑紫色的皮肤闪着水晶般的光泽，仿佛稍微一碰就会迸裂。难怪他一直穿宽大的裤子，原来如此呀。我马上想到中国民间的一种说法，男怕穿靴女怕戴帽，我不解其中真谛，正因为不懂才尤为惊撼。“医生说，我的肝肾还有心脏都他妈坏了。”老史的声音低沉沙哑，让我想起第一次与他谋面的情景，一切恍如昨日，就在眼前晃动。“你再看看这个。”说着老史用手扶起他的阳具，那东西很长，却软软地像条昏睡的蛇毫无生气。彼得，关键，关键是这家伙也不灵了。几天前我和安妮做，她所有招数都用尽了可这小子就不动，妈的，从来没有过这种事。喂，彼得，对不起我只是好奇，能让我看看你的家伙吗？

我一愣，因为我从未向同性亮过私部，可紧接着一股强烈共鸣从心底怦然而生，干嘛不呢！让他看的何止是那家伙，我索性稀里哗啦从上到下脱个干净利落，与老史赤

裸相见。老史的眼里洋溢出流彩，整张脸在黎明中绽放着。“彼得，我说什么来着，你小子不是好鸟。”我学着老史的模样，把阳具反过来掉过去地看，突然意识到，虽然这家伙天天跟着我，我竟从未如此完整地注意过它。老史也看得十分仔细，还会弯腰看我下面的睾丸。让我意想不到羞怯难当的是，也许因摩擦作用，这家伙不知不觉居然膨胀起来，当着我和老史的面冉冉升起，顶部变得鲜红明亮泛起青光。我下意识连忙用手去压，老史大吼一声，别压，千万别伤着它。你的家伙长得不错，但一看就知道用得不多，你得多用啊。屌这东西只有你对得起它它才对得起你，它跟胳膊和腿完全不同，屌是独立的生命，你忠实于它它就做你的好朋友，你欺骗它它就恨你，不为你干事，明白吗？我似懂非懂地点点头，觉得有风从头到脚地穿过。

突然，空气静下来，四周谧静无声，我和老史相视无言就这么沉默着。老史缓缓穿上雨衣，我也穿上衣服，我想走近他，被他一个手势阻止住。老史渐渐向船尾走去。“老史！”我大叫起来。他转过身，彼得，一切都很自然，我什么都不能做了，生命已毫无意义，可我根本不属于陆地，这儿才是我的家，我必须永远留在海洋。老史扬头对我悠远地一笑：

彼得，不要找我。

说完他纵身一跃，一朵亮黄在深蓝色背景上似火苗一闪，消失了。

有一点前边忘记交代，在老史泊船的码头旁有座山坡，顶部有个不大的池塘，据说水源来自底下的几眼泉水，早期的欧洲移民曾在这里修建了水车和一座磨坊，现在早成了野鸭天鹅，还有孩子们的天堂。池塘边有爿小小的咖啡店，取名“沙溪”，由一对老夫妇经营着。有趣的是，他们的拿手好戏并非咖啡，而是一款叫“海之梦”的冰激凌，蓝色的冰沙上镶一朵亮黄色奶油，美丽得令人不忍下咽。我后来经常带孩子们来此消磨周末，他们像小狗一样嗷嗷地疯跑，一边吃冰激凌一边喂池塘里的野鸭。那天他们好奇地问我，爸爸，你怎么老坐在这儿不动？爸爸在看海呀。真没劲，海有什么好看的？海，我欲言又止，只是静静望着他们，直到热泪盈眶。